REPENTI

Claude Chossat

Repenti

Fayard

Conception graphique : NW
ISBN : 978-2-213-70450-0
Dépôt légal : septembre 2017

Prologue

L'histoire que je vais vous raconter n'est pas une belle histoire, mais c'est celle de ma vie. C'est aussi un bout de celle de la Corse et de sa gangrène mafieuse, celle que l'on ne lit jamais ni dans les procès-verbaux ni dans les journaux.

Pendant près de deux ans, de 2007 à 2009, j'ai été un soldat de la Brise de mer, ce gang dont le mythe a, depuis les années 1980, occupé le devant de la scène sur la carte criminelle de la Corse et du continent. Pendant près de deux ans, j'ai voyagé dans la roue de l'un de ses parrains, Francis Mariani, connu pour être le plus violent et le plus fou de tous, se vantant d'avoir tué des dizaines de personnes.

Avec lui, je me suis senti tutoyer les cimes du banditisme, accéder à une dimension aussi fictive que surnaturelle, qui vous fait devenir sans foi ni loi, vous fait oublier toute trace d'humanité, vous fait croire au-dessus de la justice, des hommes, de tout.

Sans lui, ma vie ne serait pas devenue le cauchemar qu'elle est aujourd'hui.

Si j'ai voulu refaire ce long voyage dans les viscères de la Brise, c'est peut-être pour casser la légende qui auréole encore ce nom, cette légende que d'aucuns font encore vivre avec des accents de vertu offensée, qui nimbe toujours ces « beaux voyous » et qui m'a aussi longtemps fasciné.

Si j'ai choisi de faire ce livre, c'est pour raconter, au-delà du folklore, la noirceur, la violence sans limites, et éclairer, par là même, de l'intérieur, le fonctionnement mafieux qui régit toujours l'île de Beauté et une partie du Sud de la France. Des territoires où l'on peut voir des hommes tirer sur une femme, sur un enfant ou sur un avocat, comme le mien, Jean-Michel Mariaggi, qui, grièvement touché, s'est vu contraint d'abandonner sa robe et un métier qui le tenait en vie.

La Brise de mer, le cœur de la mafia corse, c'était ça. Du racket, des assassinats crapuleux, un empire de terreur bâti sur l'argent du crime et l'attraction du pouvoir. Cet empire, dont les magistrats peinent encore aujourd'hui à cerner la richesse, blanchie dans les paradis fiscaux, un petit groupe de tauliers en a tenu les rênes, aidé par toute une zone grise, beaucoup moins identifiée, de gens divers et variés, de financiers, de politiques, d'entrepreneurs ou de policiers sans lesquels les cavales et l'impunité n'auraient pas été possibles si longtemps.

La mafia corse, c'était ça et ça l'est encore. Je le sais, j'y ai participé. Je ne suis pas un enfant de chœur. Je ne suis ni une victime ni un assassin. J'ai assisté au combat des géants, je les ai vus se bouffer de l'intérieur et je suis juste l'un des rares survivants de cette équipée.

Petit truand au CV garni de vols à main armée, j'ai été l'homme à tout faire de Francis Mariani. Je lui ai servi de garde du corps, de chauffeur, de confident. J'ai été ses yeux et ses oreilles, je l'ai accompagné dans les réunions secrètes de la Brise, j'ai organisé ses rendez-vous d'affaires, je l'ai protégé dans sa cavale. Et je l'ai suivi dans ses préparatifs d'expéditions punitives…

Jusqu'à celle qui a fait exploser ma vie : le meurtre de Richard Casanova, l'autre grand parrain de la Brise et le farouche rival de Mariani.

Ce 23 avril 2008 a signé le début de mon plongeon en enfer.

Retiré en Suisse, j'ai été arrêté en 2009 et j'ai choisi de dire à la justice tout ce que je savais, de parler au milieu des muets et des morts, puisqu'ils se sont tous entretués.

En décidant de signer mes procès-verbaux, je suis devenu le premier repenti corse – et la cible de bon nombre de gens qui souhaiteraient depuis me voir plutôt mort que vivant. Repenti de fait mais pas de droit, puisque dans un pays qui commence à peine à expérimenter le programme de protection de ces témoins très particuliers, bien des années après les États-Unis ou l'Italie, la justice m'a refusé, en 2016, le droit d'en bénéficier.

Depuis cinq ans, je vis donc avec ma femme et mes enfants une vie en sursis, quelque part en France, une vie cachée, sans protection, sans aide financière, sans changement d'identité.

Une vie d'homme traqué.

On a beaucoup parlé de moi, pour moi, j'ai lu mes procès-verbaux, dont l'encre était à peine sèche, dans la presse. Si j'ai décidé d'écrire ces lignes, c'est aussi parce que je veux, pour la première fois, parler en mon nom, et parce que je me suis senti abandonné par la justice, qui m'avait promis une protection en échange de mes confessions.

À ce jour, je suis mis en examen dans trois affaires, dont celle de Richard Casanova, pour meurtre en bande organisée avec préméditation.

Au départ, je n'ai pas choisi le bon chemin. Je me suis embringué, tout seul, sur une mauvaise pente que j'ai dévalée à une vitesse vertigineuse. Mais j'ai voulu tirer un trait sur cette vie, couper avec celui que j'ai été et tourner le dos au milieu, définitivement.

PROLOGUE

Parler, pour ne plus me taire, pour libérer ce torrent de boue qui m'étouffait comme il étouffe toute une île.

Ce qui me reste à vivre ne charriera pas assez de regrets d'avoir mené cette vie-là. Aujourd'hui, j'ai peur pour ma famille, qui, elle, n'a rien à voir avec cette saleté d'histoire. J'ai peur pour moi, aussi.

Voilà ce qu'est une vie de repenti, une vie dans l'étau de la mafia.

Je m'appelle Claude Chossat. Je suis parvenu à un endroit d'où l'on ne revient pas. J'ai déjà tout perdu, je n'ai plus rien à perdre. Ne me reste que la vérité.

Cette vérité, je veux la dire, c'est mon testament.

Claude Chossat,
le 7 février 2017

Ce n'était pas prévu

10 heures du matin, ce 23 avril 2008. Garé sur un terre-plein, le long de la rocade de Porto-Vecchio, je guette le portail de la concession Volkswagen, de l'autre côté de la route. Il est à moins de cent mètres. Son gérant, Michel Quilici, doit en sortir d'un moment à l'autre pour aller déjeuner et je dois donner le top départ à Francis.

Une heure que j'attends, déjà, les yeux de tous les côtés et les boyaux noués. Je regarde ma montre, le portail, puis le rond-point, en face, que Michel Quilici doit obligatoirement emprunter pour rentrer chez lui. Je sais que, de son côté, José Demasi tourne dans le secteur. Pierre, lui, est positionné plus haut, juste avant la maison de Quilici, dissimulée derrière un rempart de végétation. Aucun de nous n'a intérêt à le rater. Tous les trois, nous savons très bien que Francis ne nous passera pas la moindre erreur.

Francis Mariani, c'est mon boss. C'est surtout le plus impitoyable des tauliers de la Brise de mer. La première fois que j'ai croisé son regard, c'était il y a dix ans, à son arrivée à la prison de Borgo. Je me souviens encore des deux pics à glace qui se sont enfoncés dans mes orbites.

Je sursaute sur mon volant. Un gros Toyota 4 × 4 noir vient de s'engouffrer sur le parking de la concession. Les vitres sont fumées, je n'ai pas eu le temps de voir l'occupant. Machinalement, je resserre mon poing autour de mon talkie-walkie posé sur le siège à côté quand, tout à coup, je vois Francis débouler comme un fou dans sa Megane.

Des semaines que je vis le cerveau branché sur de la haute tension. Je ne dors quasiment plus. Je suis devenu son ombre, ses yeux, ses oreilles. Je le suis partout, le jour, la nuit, où le mène sa traque, son obsession. Il me rend fou.

Et voilà que le moment tant attendu est arrivé. L'heure de la vengeance. Francis Mariani renifle enfin la piste de celui qu'il tient pour l'auteur de la tentative d'assassinat commise six mois plus tôt contre lui : Jean-Luc Germani. Il s'est juré de le dépecer. Et ce Michel Quilici, le gérant de la concession Volkswagen, c'est justement le chaînon qui lui manquait pour l'atteindre. Trois semaines plus tôt, Francis a appris que Jean-Luc Germani se rendait très souvent à la concession pour voir son ami.

Jean-Luc Germani. Sa gueule aux yeux cernés de noir, placardée sur tous les murs des commissariats, fait alors tressaillir la Corse et tous les flics de France. L'homme, connu pour sa froide détermination, a pris l'ascendant sur le grand banditisme insulaire, de la Corse aux cercles de jeux parisiens, en passant par les discothèques aixoises et l'Afrique. Il a de qui tenir : Jean-Luc Germani n'est autre que le beau-frère de Richard Casanova, « le roi Richard », l'autre figure historique de la Brise et le grand rival de Francis…

Deux mondes, Francis et Richard, deux puissants charismes boursouflés d'ambition. Le premier est un sanguin bouillonnant d'instinct, une bête de proie taillée dans un bloc ; le second, un fin politique qui ondoie dans tous les milieux, doté d'un carnet d'adresses qui court des services de renseignement jusqu'à la Françafrique. Deux maîtres du jeu aussi dangereux l'un que l'autre.

Mais, pour Francis, pas question, pour l'heure, de s'en prendre à Richard. Pas encore. Un duel fratricide entre les deux poids lourds de la Brise de mer aurait des conséquences telluriques sur la carte insulaire que nul ne saurait prédire.

Ce matin du 23 avril 2008, Francis s'est réveillé, comme toujours, bien avant le soleil. Au travers des stores tirés, aucun trait de lumière ne filtrait encore dans le petit appartement de Porto-Vecchio, prêté par un ami chirurgien-dentiste. Moi, je n'avais pas fermé l'œil. Je n'avais pas cessé de tourner et retourner la journée de la veille, en repérages autour de la maison de Michel Quilici. L'ami de Jean-Luc Germani habitant à un kilomètre et demi de la concession, compliqué de l'intercepter sur un trajet aussi court.

Alors, le soir, Francis nous a réunis tous les quatre, Pierre, José, Franck et moi, au restaurant de Dédé Canonicci. Franck, c'est un braqueur marseillais à la carrure d'ancien para qui doit bien faire le double de José. José, à l'origine, c'est un brave type, un batelier de Porto-Vecchio dont la société de promenade en mer vivotait et qui a eu, un jour, le malheur de demander de l'argent à Francis. Quant à Pierre, c'est un ancien pompier professionnel passé par la prison, qui était ami avec José. Ce dernier l'a présenté à Francis et c'est comme ça que tout a commencé.

Francis nous a exposé son plan devant un plateau de fruits de mer : il nous faudra prendre Michel Quilici quand il rentrera chez lui car, dans la concession, il y a trop de monde. Ensuite, on le mettra dans la voiture et on lui demandera d'appeler son ami Germani. Celui-ci viendra, Francis le kidnappera et alors… À la fin de sa tirade, les deux globes de Francis se sont rétrécis en fente et tous les quatre, autour de la table, nous avons senti un grand froid nous dégouliner le long de la colonne.

Francis me gueule à travers la vitre de sa Megane : « Tu as vu le 4 × 4 Toyota noir qui vient de passer le rond-point ? » Au volant, à côté de lui, Franck attend ses

ordres. Je réponds que oui, j'ai bien vu rentrer le Toyota dans la concession et je demande : « Il y a qui, dedans ?
– Un enculé ! »

La Megane repart aussi sec se garer un peu plus loin, devant la villa des Lauriers, une maison mitoyenne à la concession. Francis en sort alors comme une balle et saute par-dessus le portail de la villa, muni du gros sac de sport qui ne le quitte jamais. Il a disparu derrière les buissons. Je ne le vois plus. Aussitôt, je redémarre pour me garer cent mètres plus haut. Si je rate Quilici, c'est moi qui suis mort.

Quinze interminables minutes passent. Soudain, je revois Francis débarquer dans la Megane et me jeter par la vitre : « Viens, on rentre à la maison ! » Son ton est impératif. Ses mots sortent comme des détonations de mitraillette, mais il ne semble pas paniqué. Je ne sais pas ce qui s'est passé. Je sais juste que, dans le sac de sport, il y a un fusil d'assaut. Je suis bien placé pour le savoir.

Que s'est-il passé ? Qu'a-t-il fait à la villa des Lauriers ? Est-il tombé sur Germani ? Revenus à toute berzingue dans l'appartement qui nous sert de planque, à deux kilomètres de là, nous voici à présent suspendus au silence de Francis, derrière les stores tirés.

Debout dans l'entrée, il tape nerveusement du pied par terre tel un maître de chorale. Nous ordonne à chacun de casser nos téléphones. Puis il va se doucher. La machine à laver dans laquelle il a balancé ses vêtements se met en marche. Le bruit du jet couvre nos conciliabules inquiets.

Enfin, il revient se planter devant nous, dans le salon, les deux pieds écartés.

Je n'ai pas de mots. J'ai la nuque molle, les tempes en sueur. J'ai l'impression d'avoir posé le pied sur un volcan en éruption. Même Franck, à côté de moi, a l'air sonné. Il n'est pas loin de midi. Sous la lumière du plafonnier, nous sommes tous en cercle autour de Francis et ce qu'il vient de nous dire, avec l'air serein du type qui a accompli le but de sa vie, m'a littéralement foudroyé : « J'ai tué Richard Casanova. »

Nous nous regardons les yeux agrandis de frousse. Cet homme-là a tué son ennemi intime, celui qui passait pour le « cerveau » et la figure la plus protégée de la Brise de mer, et il en étincelle de fierté. Francis a détruit la pyramide du gang mythique, la règle de solidarité absolue qui prévalait entre ses membres. Ce n'est pas ce qui était programmé. Ce n'est pas un cadavre à terre qui était prévu, mais un coup de pression sur un concessionnaire automobile. Et la cible, ce n'était pas Richard Casanova, mais Jean-Luc Germani.

À 11 h 25, ce 23 avril 2008, Francis a disjoncté. Au volant de sa Megane, sur la rocade de Porto-Vecchio, il a reconnu le 4 × 4 Toyota noir et l'a suivi. L'homme qui s'est effondré peu après sur le parking de la concession de Porto-Vecchio, au pied des cylindrées rutilantes, était bien « le roi Richard ». Les dix-sept billets de 500 euros qu'il tenait dans sa main au moment de mourir se sont envolés comme pour accompagner sa chute.

Dans sa Toyota de location, les policiers ont retrouvé des documents relatifs à des projets immobiliers, des badges magnétiques ouvrant l'accès au très luxueux domaine de Murtoli, à Sartène, le lieu de villégiature estival de Nicolas Sarkozy et de bien d'autres sommités de la politique et du star system.

La haine que portait depuis longtemps Francis à l'autre boss de la Brise a fait exploser toutes les digues. Trois balles ont atteint Richard. À proximité de son corps, deux voitures ont été perforées de neuf impacts, cinq autres projectiles ont troué le bitume. Richard Casanova est mort sous une grêle de plomb.

Après coup, la secrétaire de la concession racontera n'avoir entendu que des picotements de gravier sur les vitres. Francis a tué Richard avec son fusil d'assaut muni d'un silencieux. Pour tirer, il s'est placé derrière le muret de la villa des Lauriers où je l'ai vu entrer, sur des blocs de pierre rehaussés de traverses de bois. Ce poste d'observation, nous l'avions disposé ensemble la veille… Il n'était pas prévu pour tuer, mais bien pour observer Michel Quilici.

Dans ma cervelle en feu, les pensées s'empilent dans la confusion la plus totale. Mon ADN est forcément resté sur ces blocs de pierre. Je n'avais ni gants ni casque, j'étais à découvert et ai même loué la Golf à mon nom ! Je vais forcément être associé à toute cette histoire…

Dans l'heure suivant le décès, les téléphones ont chauffé aux quatre coins de l'île. « *Anu tombu Richard* [Ils ont tué Richard] ! » Casanova, c'était l'icône, celui auquel il ne fallait pas toucher sans craindre de bouleverser tous les équilibres.

Tout le ciel de Corse est en train de trembler au-dessus de ma tête quand Francis, à présent assis sur le canapé, s'allume tranquillement un cigare tout en m'observant, les lèvres retroussées en un mince sourire.

Trois heures plus tard, sur le chemin du retour vers Ajaccio, alors que nous sommes tous les deux dans la voiture, il rit encore, d'un rire sonore. Puis, d'une voix incroyablement calme, matelassée d'alcool et de gros cigares, il me balance ce que je pense déjà : « Moi, je suis peut-être déjà mort. Mais toi, tu ne te rends pas compte de la merde dans laquelle tu es aujourd'hui. »

Le soir même, il me fait réserver deux chambres à l'hôtel U Paradisu de Porticcio au nom de Marcellesi. Nous dînons face à la mer. Dans la nuit, étoilée de diamants bruts, il commande un grand cru, boit, se délecte, en redemande. Moi, je ne peux rien avaler. J'ai froid, dans l'air du soir.

Le lendemain, au café, son ami et ancien notaire Tony Patacchini vient nous rejoindre. Francis a une mission à lui confier, ainsi qu'à son ex-femme. Comme il se doit, en Corse, Tony et elle vont faire ensemble la visite de condoléances à la famille de Richard. Pour savoir ce qui se dit, pour écouter le *putachju* post-mortem qui bruit déjà sur toutes les lèvres, au fond des vallées.

Trois jours plus tard, ce 26 avril 2008, un long cortège de voitures s'enroule derrière des fourgons remplis de gerbes, aux abords de l'église Notre-Dame-de-Lourdes, à Bastia. Richard Casanova est enterré avec les honneurs dus à son rang de haute personnalité. Les femmes, élégantes dans leurs lourds manteaux noirs et leurs parfums musqués, se signent à l'entrée de l'église. Les hommes se tiennent en dehors, visage mutique derrière les lunettes fumées.

Sandra Germani, la sœur de Richard et l'épouse de Jean-Luc, serre contre elle ses deux enfants sous le regard attristé des élus et des innombrables amis –, le président de l'Assemblée de Corse, Camille de Rocca Serra, Michel Tomi, richissime homme d'affaires corso-africain venu du Gabon en jet privé avec des dignitaires locaux pour saluer la mémoire de celui qu'il considérait comme son fils spirituel.

Le père Magdeleine s'installe à son pupitre dans un silence de fin du monde. Son homélie, puissante, douloureuse, rend hommage à l'homme, au mari, au père. Puis les éloges funèbres se succèdent pour couronner celui que tout le monde appelle « Richard ». Et, tandis que montent dans l'église les chœurs a capella célébrant l'entrée d'un homme au paradis, un long frisson parcourt l'assemblée.

Au fond, près du parvis, s'est formé un petit noyau d'hommes tout en messes basses. Les frères d'armes de la Brise de mer. Ceux qui l'ont portée, avec Richard, au sommet de l'échelle du crime. Tous, à l'exception de Francis, qui a l'excuse d'être en cavale pour une affaire judiciaire, sont venus : Pierre-Marie Santucci, visage taillé à la serpe et costume trop grand ; Maurice Costa, en pantalon à pinces ; Francis Guazzelli, le pilier de la fratrie historique de la Brise ; son binôme Christian Leoni, le trésorier du gang.

Tous sont venus saluer leur ami Richard. En sachant que c'est l'un des leurs qui l'a assassiné.

Les voilà tout à coup qui laissent échapper un rire, en silence. Un seul, vite réprimé. Une femme les a vus. Elle s'éclipse de l'église et se dirige vers eux, la mine sévère. C'est Serena, l'ancienne épouse de Francis. « Faites au moins semblant », leur murmure-t-elle.

Non loin, un homme, Angelo Guazzelli, est en train de pleurer. Il a perdu en Richard plus qu'un ami : un quasi-frère.

La cérémonie est achevée, Richard Casanova va bientôt être porté en terre. L'œil sec, Jean-Luc Germani s'avance près du cercueil de son beau-frère pour le soulever sur son épaule. Signe qu'il vengera le défunt. Signe que la tragédie ne fait que commencer.

Traqué

Parfois, je me demande ce que c'est, une vie normale. Je crois que je n'en ai plus le souvenir. Une vie normale, c'est peut-être une somme d'habitudes. Moi, je n'en ai pas. Je n'ai aucun emploi du temps, aucun horaire, et je me dois de ne pas en avoir. Si des repères structurent une vie ordinaire, ils peuvent tuer un homme traqué.

Parfois, je me fais l'effet de regarder le monde comme au travers d'un aquarium. Le nez écrasé contre la vitre, je vois défiler le grand cirque de la vie, je vois les gens s'embrasser dans la rue pour se dire bonjour, se dépêcher de traverser dans les clous, emmener leur gamin jusqu'à la grille de l'école, lui tapoter les joues en étant sûrs de le revoir le soir. Je rêve, moi aussi, que je vais aller me balader le long des trottoirs et m'installer à une terrasse de brasserie, j'entends la rumeur lointaine et assourdie de ce monde qui n'est pas, qui n'est plus le mien, et je me demande si je le réintégrerai un jour.

Flottant au milieu de cette foule insubmersible, je me dois d'être un homme sans visage, sans nom, sans passé. Dans mon for intérieur, du soir au matin, se joue une apocalypse sans que la moindre trace d'émotion puisse jamais donner prise sur moi, sans qu'on ait jamais envie de me taper dans le dos, sans qu'on puisse jamais éprouver la moindre velléité de faire plus connaissance avec celui que j'ai été et qui me pèse comme une pierre.

Cela fait un an que je vis dans le Nord de la France, une terre que je ne connaissais pas, avec ma femme et mes deux filles de 7 et 10 ans.

Depuis ma sortie de prison en 2012, j'ai déjà déménagé cinq fois. La dernière, c'était en juin 2016. J'avais définitivement quitté la Corse, je n'y suis même pas retourné pour l'enterrement de ma grand-mère adorée, Marie. Je m'étais installé dans le Jura pour me rapprocher de mon frère qui y était et l'aider dans son entreprise de maçonnerie. Je croyais que le temps et la distance dresseraient entre moi et mon passé un mur de protection. Je me suis trompé.

Un matin de janvier 2016, j'ai trouvé des hommes en repérage devant mon portail. C'est comme ça que j'ai atterri ici, six mois plus tard, le temps de vendre ma maison et de tout organiser, sur ce nouveau point de la carte de France, qui a tous les atours d'une nouvelle vie qui ne m'appartient pas.

Je vis dans un appartement qui n'est pas loué à mon nom, mais à celui d'un proche. Je roule en voiture de location. Ma ligne téléphonique et mon électricité ne sont pas non plus les miens. Personne ne connaît mon adresse, pas même mes avocats, ni mes parents. Lorsque des proches viennent nous voir, nous louons un appartement ou une maison quelque part et nous y passons une semaine. Je ne reçois aucun proche chez moi. Quant à la Sécurité sociale, je loue un petit deux-pièces en guise d'adresse postale, de manière à la rattacher à une autre domiciliation que la mienne et brouiller les traces informatiques.

Pour la justice et ceux qui me recherchent, je suis resté Claude Chossat. Pour tous les autres, je vis la vie d'un autre, d'un type anonyme qui n'a gardé de sa vie d'avant qu'une seule et unique habitude : se lever très tôt le matin, avant 6 heures, l'heure de la perquisition.

Ce n'est pas le réveil qui me sort du sommeil, mais un puissant instinct de survie. Depuis des années, cette heure-là est inscrite dans mon horloge interne. Ce ne sont plus les policiers que je crains, mais les voyous déguisés. Débarquer en se faisant passer pour des flics, une règle bien connue du milieu.

Francis Mariani m'a plusieurs fois raconté l'histoire de Jacques Navarra, ce nationaliste qu'il soupçonnait d'avoir tenté d'assassiner son fils Jacques et dont il s'était juré d'avoir la peau. En 2001, un homme s'était introduit chez ce dernier et avait tiré à travers la porte de la chambre pour le tuer. Son fils Jacques n'avait dû son salut qu'à une fuite par la fenêtre, en caleçon…

Peu de temps après, un beau matin, cinq hommes de la Brise déguisés en policiers ont frappé à la porte de la maison de Navarra, à Santo-Pietro-di-Tenda, en Haute-Corse, avec brassards de police et cagoules. Comme Navarra se doutait que sa mort était programmée, il ne quittait jamais son domicile sans prendre mille précautions, d'où ce scénario imaginé par la Brise pour le sortir de son cadre. Plaqué au sol et menotté, il a été embarqué dans une fausse voiture banalisée, sans même avoir le temps d'enfiler un pantalon et un pull. Ils l'ont emmené sur une piste forestière. Avec des cordes, ils ont accroché ses bras à des châtaigniers et ses jambes à deux voitures, et ils ont démarré. Je ne sais pas dans quel état le pauvre a pu finir, mais, en écoutant cette histoire, je n'ai pas besoin de l'imaginer ; cela me suffit à être prêt avant l'arrivée des flics.

Je me lève donc toujours très tôt, je prête l'oreille au silence de la nuit, puis je m'habille pour me préparer au cas où il se passerait quelque chose, pendant que ma femme et mes filles dorment encore. Entre 5 h 45 et 6 h 10, je suis dans mon salon, aux aguets, je regarde dehors, l'œil rivé à mes écrans de contrôle.

Cela fait des années que j'équipe chacune de mes habitations de caméras de vidéosurveillance qui tournent en continu. Je vois ce qui se passe en temps réel et je visionne les images enregistrées en mon absence. Je me lève et je me couche en les regardant.

Au fond, si, j'en ai, des habitudes, mais pas celles de tout le monde.

Une fois 6 h 15 passées, je prends mon petit déjeuner, prépare celui de ma femme et de mes filles, et enfin la journée ordinaire peut débuter. J'ai recommencé à emmener mes filles à l'école, loin de la maison. Longtemps, je ne l'ai plus fait ; je ne voulais pas qu'elles se trouvent dans la même voiture que moi s'il arrivait quelque chose.

Ici, elles ont retrouvé un peu de liberté, mais je ne les laisse jamais aller nulle part seules. Et puis, au volant, je suis vigilant comme je le suis dans le reste de ma vie. Regarder toujours devant, derrière. Éviter de se coller aux voitures, de se faire prendre dans un embouteillage, puisque tous ceux qui se sont fait avoir, sur la route, étaient coincés dans des embouteillages. Se laisser toujours une porte de sortie, au volant comme dans la vie. Cloisonner. Effacer toutes les traces d'une adresse passée et à venir.

Quand nous avons quitté le Jura, en juin 2016, je suis moi-même allé récupérer les dossiers scolaires de mes filles à l'école, parce que je ne voulais pas qu'ils soient envoyés par mail et que l'on sache où les adresser.

Quand les gens, même bien intentionnés, les voisins ou bien de nouvelles connaissances me posent des questions sur mon passé, je reste vague.

Je ne mens pas, enfin si, par omission. Je parle des activités que j'ai exercées et je m'en tiens là. Mais je ne parle jamais de la Corse, j'en ai d'ailleurs gommé tout accent.

Il m'est arrivé de tomber sur des gens trop curieux, comme dans le Jura, alors que j'avais recommencé à travailler avec mon frère dans son entreprise de maçonnerie. Nous avions obtenu un marché pour des travaux sur le réseau SNCF avec le groupe Colas Rail. Quand ils ont vu que le chef de chantier s'appelait Claude Chossat, l'un des responsables a fait une recherche sur Google et m'a lâché, suspicieux : « Mais vous êtes de la famille du Claude Chossat corse ? » Moi : « Non, pas du tout. Je travaille dans la construction et je n'ai rien à voir avec cette personne. » Je l'ai senti embarrassé. Je crois même qu'il s'est dit que je me moquais de lui.

Une autre fois, nous avons voulu louer une maison. J'avais donné mon nom à l'agence qui faisait l'intermédiaire, ainsi que tous les papiers nécessaires. Le dossier était quasiment bouclé et puis le propriétaire a tapé « Chossat » sur Internet. Le lendemain, il a déboulé à l'agence en hurlant : « Vous savez à qui vous louez ma maison ? À un mafieux corse ! » Le type de l'agence est tombé des nues : « Vous plaisantez ? Ce doit être un homonyme ! » Et je n'ai pas pu louer la maison.

Ici, dans le Nord, ma femme a pu retrouver un travail rapidement. J'en ai été follement heureux pour elle. Elle a repris une vie qui ressemble à celle des autres, comme nos filles, que j'avais trop peu vues et avec lesquelles j'ai pu renouer des liens très forts depuis ma sortie de prison, en février 2012.

Qu'est-ce que des enfants peuvent bien comprendre à tout ça, aux erreurs d'une vie, aux menaces de mort pour le simple fait d'avoir parlé à la justice ? Cette question a poignardé mes nuits, mes jours, mes pensées de chaque instant. C'est peut-être par rapport à elles, à la vie que je leur impose, à la peur que j'ai toujours pour elles et pour ma femme, que je ressens mon tribut trop lourd à payer.

Des questions, elles en ont posé, bien sûr. À ma sortie de prison, où j'ai passé trois ans en préventive, l'aînée avait 6 ans, la cadette, 3 ans. Nous nous voyions chaque semaine au parloir, mais je n'étais pas inscrit dans leur quotidien, leurs petites habitudes.

Quand je suis revenu à la maison, nous étions un peu comme des étrangers, il m'a fallu les ré-apprivoiser, en douceur, écouter leurs silences, leurs non-dits, et puis tenter de leur expliquer. La grande ne cessait de me répéter : « Ils t'ont lâché, on ne sera plus obligées d'aller à la porte verte [celle de la prison] pour te voir. Qu'est-ce qu'on va faire, maintenant ? On va aller habiter où ? » On allait partir en vacances au ski, déjà, pour reprendre nos marques, tous ensemble, et après, on verrait.

Mais comment leur dire que, la justice refusant ou n'ayant pas les moyens de me protéger, toute notre vie ne serait désormais qu'une longue échappée ? Comment expliquer que, en Corse, sur les terres de la mafia, la rancœur tue ? Comment leur expliquer toutes mes histoires avec Francis Mariani, sa lutte à mort avec Richard Casanova, qui a fait imploser la Brise de mer, leur folie dans laquelle je me suis retrouvé embringué, la violence de la prison, la voracité de la mafia corse, cette culture circulaire de la mort et de la vengeance qui fait tomber sur le pavé non plus seulement des voyous mais des innocents ? Comment leur expliquer que j'allais devoir payer toute ma vie mes erreurs de jeunesse ? Comment leur expliquer tout cela ?

J'avais été aux premières loges d'un film auxquelles je n'aurais jamais dû être. J'ai dit à mes filles ce que je pouvais leur dire, l'essentiel, et j'ai caché tout le reste. À un moment donné, j'ai aidé des gens, je n'ai pas bien fait de le faire et ces gens me veulent aujourd'hui du mal.

C'est la seule explication que je leur ai livrée. Elles savent que je suis allé en prison, mais n'en connaissent pas les raisons. Pour le reste, elles se sont habituées à cette vie-là que nous essayons, au jour le jour, de leur rendre le plus normale possible. Quand elles se réveillent, le matin, vers 7 h 30, elles ne savent pas que j'ai visionné tous les films de la nuit, que j'ai scruté chaque détail du parking, des environs. Elles savent juste qu'elles ne doivent pas trop en dire.

Quand notre vie se régularisera-t-elle ? Je ne sais pas. Pour moi, la situation matérielle reste encore très difficile. Un moment, j'ai pensé, avec mes avocats, demander un changement de nom, mais nous avons renoncé. Trop compliqué, trop de démarches très lourdes à accomplir. Il faut que le président de la cour d'appel de Paris donne son accord, sur un motif que nous lui donnons et qu'il peut ne pas juger valable… Et puis nous venons d'arriver dans une région sous mon vrai nom. Et changer brutalement serait suspicieux pour les gens que nous croisons ici.

Pour ce qui est du travail, je dois aussi monter une activité indépendante, à mon compte, un travail de commercial que je pourrais effectuer de chez moi. Difficile d'aller toquer à la porte d'un employeur : « Bonjour, je m'appelle Claude Chossat. Je suis un ancien soldat de la Brise de mer, j'ai eu des problèmes avec la justice. Je suis encore sous contrôle judiciaire. Je peux être absent, car j'ai des obligations de pointage tous les quinze jours au commissariat. Et, par ailleurs, je peux être amené, dans un, deux ou trois ans, à retourner en prison. »

Pour moi, le chemin est encore long. Je suis toujours mis en examen dans trois affaires. Pour meurtre en bande organisée avec préméditation dans l'assassinat de Richard Casanova, alors que la justice m'avait promis de ne retenir que la complicité de meurtre, mais j'y reviendrai. Pour des affaires de détention d'armes et association de malfaiteurs, connexes au dossier Casanova. Et, enfin, pour une affaire d'abus de biens sociaux et de banqueroute frauduleuse.

Je m'étais associé, dans une entreprise de construction en Corse, avec un homme que je considérais un peu comme mon père, originaire de mon village, et décédé en 2007 d'un infarctus. Je me suis alors retrouvé seul dans mon entreprise, les comptes dans le rouge. Un jour, deux hommes, deux escrocs – déjà condamnés à plusieurs reprises pour détention et port d'armes, association de malfaiteurs, vols aggravés –, sont venus me voir, soi-disant intéressés pour investir. L'un d'eux avait plusieurs terrains à côté, il voulait y faire d'autres constructions. Je connaissais son pedigree, mais je ne me suis pas méfié – ce projet avait l'air de lui tenir à cœur. J'ai accepté. Je n'aurais jamais dû.

Nous nous sommes associés en avril 2007 et j'ai déposé le bilan en octobre au tribunal de commerce. Ils étaient censés acheter des parts, 150 000 euros chacun, dont je n'ai jamais vu la couleur. Ils étaient en réalité venus dilapider mon entreprise comme ils l'avaient fait avec d'autres, à Ajaccio, et tout est parti en vrille en trois mois. Ils ont récupéré tous les actifs, les locaux, ont tout mis à leur nom, ce qui est illégal. Je me suis retrouvé sans rien et mis en examen pour abus de biens sociaux, car j'étais le gérant de l'entreprise. Lors de ma garde à vue, je n'ai pas voulu m'expliquer, donner des détails sur eux.

C'est là, alors que j'étais au fond du trou, que j'ai recroisé la route de Francis Mariani et qu'il m'a tendu la main.

Cette nuit, comme toutes les nuits, je me réveille dix fois, quinze fois, et je me repasse le film en boucle, en accéléré. Sans cesse. Que serait-il advenu si j'avais eu le cran de ne pas accepter la proposition de Francis ? Que serait devenue ma vie, et surtout celle de ma femme, de mes filles, plutôt que celle que je vais vous raconter ?

J'ai serré la main du diable, j'ai répondu à son sourire. C'est à cette seconde précise que j'ai piqué une tête en enfer.

Pourquoi ? Pourquoi ai-je fait cela ? Je ne dors plus. J'écarquille mes yeux sur le noir. Je suffoque. Et je hurle en silence sous mes draps pour ne pas entendre la réponse.

Cuttoli

Tout a commencé, comme souvent en Corse, sur les pentes d'un paysage entre ciel et mer. Cuttoli-Corticchiato, un bourg construit sur une crête, comme posé sur le rebord du monde, en surplomb de la basse vallée de la Gravona. Au nord-est, les sommets enneigés du massif corse, à l'ouest, l'imposant rocher des Gozzi et sa vue panoramique sur le golfe d'Ajaccio.

C'est là, dans ce décor brut, magique, que j'ai vécu une enfance heureuse, dans la maison de pierre de mes parents, construite à trente mètres de celle de mes grands-parents maternels, qui y sont nés, comme leurs parents et au moins trois générations avant eux.

La vie, pour moi et mes petits frères, s'écoule doucement au rythme des cloches sonnant toutes les heures, dans un mouchoir de poche entre Les Acacias, le bar de mon grand-père, qui occupe tout le rez-de-chaussée de la maison de famille, le terrain de foot en contrebas du cimetière et l'église San Martinu, dont je renifle l'encens tous les dimanches dans les jupes de ma grand-mère.

La grande ville, c'est Ajaccio, à vingt minutes de route. Le bout du monde. Nous y allons tous les samedis avec mes parents pour faire les courses au Corsaire, le supermarché du coin. Un grand voyage, pour le gamin que je suis ! Un vent de liberté que j'hume à pleins poumons, le temps de m'en rassasier et d'avoir envie de rentrer à Cuttoli à bride abattue, vite oppressé par ce monde emballé.

J'aime ma vie de village, cette enfance corse qui a le sourire soyeux de ma grand-mère, Marie Scarbonchi, et le bruit des rivières dans lesquelles mon père m'emmène pêcher la truite. Des paradis perdus que je ne reverrai sans doute jamais.

Durant mes premières années, je la vois plus, elle, Marie, avec mon grand-père Jacques, que mes parents, qui travaillent à Ajaccio. Papa est agent EDF, maman, secrétaire administrative. Ils partent tôt le matin, ne rentrent que vers 18 heures. Ce sont donc mes grands-parents qui m'élèvent.

Leur maison, qui donne sur l'église, se dresse sur quatre étages. Elle est tellement longue qu'une route permet d'y accéder par le bas et une autre par le haut. Toute la famille y habite – ou presque. Il aurait fallu un immeuble puisque mon grand-père a dix frères et sœurs, et ma grand-mère, huit ! Au rez-de-chaussée, le bar, donc ; au premier, deux des sœurs de mon grand-père, tatas Benoîte et Marie ; au deuxième, l'un de ses frères, Alphonse ; et aux troisième et quatrième étages, avec un accès indépendant par en haut, mes grands-parents.

Tous les midis, Pépé vient me chercher à l'école pour me ramener dans la cuisine où m'attend, sur la grande table ronde en chêne, le délicieux ragoût de lentilles que Mémé a fait mijoter le matin pour nous. Je lampe mon assiette jusqu'au dernier morceau de lard, je me jette sur les joues roses de Mémé, je m'empiffre de caresses, puis je repars d'un pas sautillant avec mon cartable sur le dos pour revenir, sur les coups de 16 heures, dévorer mon flan aux œufs. La panse rebondie, je file ensuite au bar du rez-de-chaussée me mêler à la petite foule qui s'est agglutinée autour du grand comptoir de bois des Acacias.

Tous les soirs, c'est la règle, vers les 17 heures, les gens du village et les anciens affluent pour une partie endiablée de belote ou de rami. Moi, j'ai la permission de 18 heures. Après, mon grand-père me chasse du bar parce qu'on n'y voit pas à plus de deux mètres tant il y a de fumeurs autour du pastis, qui descend plus vite que les cascades du Monte Cinto. Le bon abbé Miniconi, rond comme une châtaigne, achève toujours ici son tour de village, les joues en feu. Mais Pépé me dit que je ne dois pas rester là, je suis trop petit pour l'apéro. Et quand Pépé me dit quelque chose, toujours en corse, je l'écoute.

Il n'y a pas un bout de gras chez cet homme, sec comme un piquet. Mon grand-père a les joues aussi creuses que Marie les a pleines et rondes. Jacques Micaletti est un berger, un homme de montagne élevé à la dure, qui, à l'heure où j'ouvre mollement un œil, a déjà commencé sa journée depuis longtemps. Avant d'ouvrir le bar l'après-midi, il se lève avec le soleil et part tous les matins nourrir son élevage de porcs dans la montagne, à une heure de marche, vers le Caracutu. Dès que les vacances arrivent, je cours l'accompagner nourrir ses soixante cochons. À 12 h 30 au plus tard, nous sommes de retour pour le déjeuner de Marie, toujours vêtue de noir.

Avec son petit médaillon et sa croix autour du cou, Mémé porte la foi sur elle. Quand mon grand-père va à l'église pour les enterrements, elle m'emmène à tous les offices du dimanche, à toutes les fêtes religieuses, à la procession de la Saint-Martin, le saint du village. Ce jour-là, on le sort de sa chapelle voûtée et on le porte dans tout le village, qui a revêtu des habits d'apparat, derrière l'abbé Miniconi. Et toute ma famille en est, mes grands-parents, les frères, les sœurs, les oncles, les tantes, ma mère. Sauf mon père, qui est parti à la chasse.

Mon père est un homme qui s'exprime pleinement par ses silences, même s'il n'est pas corse. Ses parents, d'origine parisienne, habitaient l'Indochine et mon père est né à Saïgon. Il est arrivé en Corse alors qu'il avait

4 ou 5 ans, il a donc vécu toute sa vie sur l'île et c'est sans doute auprès de lui que j'apprends à l'aimer, cette terre. J'ai attendu d'avoir 13 ans pour qu'il m'emmène chasser avec lui et me mette un fusil dans les mains. Ce jour-là, je crois que je me suis senti quitter l'enfance pour devenir un homme, tellement fier de marcher dans ses pas, de le voir mettre le ciel en joue, de m'aider à épauler, de l'écouter m'expliquer, à voix basse, sous les feuillages, que la chasse est avant tout un art d'anticipation puisque la perdrix est toujours en mouvement. Des heures d'observation, de patience, avant de pouvoir partir enfin seul, avec Jimmy, mon setter anglais, sur les talons.

Souvenirs de moments bénis. Papa et moi sommes fin prêts, nous partons tous les deux en 4 × 4 vers les hauts plateaux, au nord de Cuttoli. À la sortie de la maison, nous prenons la route qui grimpe vers Funtanedda, nous bifurquons sur la piste, à gauche, après la fontaine. Pendant une vingtaine de kilomètres, nous roulons, sans mot dire, au milieu des châtaigneraies qui tapissent la montagne. Le 4 × 4 se cabre pour attaquer la pente défoncée par les coulées de pluie, glisse sur les pierres luisantes comme du verglas. Quand il n'en peut plus, nous nous arrêtons, et puis nous poursuivons à pied, les poumons asphyxiés et les narines pleines de l'odeur du maquis. Cette odeur indéfinissable, portée par le vent, ce mélange de terre, d'immortelle, de romarin, de myrte, d'argousier, de bruyère arborescente, ne m'a jamais quitté, même en prison.

Ces senteurs sont associées à toute mon enfance, aux sorties « pique-nique », les *spuntinu*, avec Carulu, Paul, Alexandre, Frédéric, Antoine et les autres, direction le mont d'Ignascu ou bien le mont Caracatu, à marcher sur les chemins de crête, à éviter les précipices. D'un côté, la paroi verticale, de l'autre, le vide. Ce n'est pas la mer, au fond, qui baigne mes jeunes années, ce sont ces monts âpres, aiguisés comme des couteaux, qui forgent mon caractère.

La mer, nous y allons plutôt l'été, et encore, quand la famille vient du continent et qu'on l'emmène à la plage à Porticcio, à une quinzaine de kilomètres. Ce sont les continentaux qui aiment la plage, pas les Corses. Nous nous entassons alors dans la Ford de mon père et nous partons en convoi, à dix, douze ou même vingt vers Ajaccio. Vers midi, nous dégustons les oursins pêchés par les hommes le matin, ou bien les poissons ramenés avec mon père d'une sortie en mer, moi, sur son bateau à moteur, à l'attendre remonter de l'eau avec une trentaine de daurades, de sards et de mustelles plus brillants que la nacre, suspendus à son accroche-poissons.

Ces souvenirs-là sont mes vacances à moi, car nous ne partons pas, jamais. Le continent, pendant longtemps, je sais qu'il existe sur la carte, mais je ne le vois pas. Le mot en lui seul est une contrée étrangère. Une fois, une seule, alors que je suis tout petit, nous allons rendre visite à un parent en région parisienne, mais, sinon, j'attendrai un match de foot à Marseille pour y aller, à mes 18 ans. Je franchis la Méditerranée à ma majorité, tout un symbole, pour revenir avec bonheur sur mon île, dont certains, à 40 ans, ne sont jamais partis, n'ont même jamais pris ni l'avion ni le bateau. C'est peut-être ce qu'on appelle l'insularité…

En réalité, ce sont les vacanciers qui viennent à nous, à Cuttoli. L'été, le village se remplit d'une foule joyeuse et bigarrée, des touristes mêlés à des continentaux revenant voir leurs parents. Parmi eux, Bernard Squarcini, l'ancien grand patron du renseignement intérieur… Le hasard fait que nous sommes originaires du même village et qu'il est même apparenté à ma famille maternelle. La mère de Squarcini et ma grand-mère étaient cousines. Il m'est donc arrivé plusieurs fois, dans ma jeunesse, de le voir passer, sans avoir conscience de qui il était.

Aujourd'hui, j'ai déserté mon enfance. Mais j'imagine que Bernard Squarcini, lui, retourne toujours à Cuttoli puisque son frère, qui a dirigé l'administration pénitentiaire, y vit encore.

Aujourd'hui, je suis parti pour toujours, mais d'autres sont restés. Comme mon grand copain Carulu, avec qui j'aimais tant chasser le week-end, qui travaille pour la commune et que je n'ai plus revu depuis 2008, avant mon incarcération et mes confessions à la justice.

Carulu, Antoine, Alexandre... Ils étaient tous mes copains de foot et, comme une équipe qui se sépare, un jour, nos chemins se sont écartés. Certains, comme François ou Jean-Camille, ont été arrêtés, comme moi, pour des vols à main armée, avant de se ranger, à leur sortie de prison, et de devenir éleveurs de porcs ou artisans. D'autres, comme David, à qui j'ai acheté des armes pour le compte de Francis Mariani et qui est originaire du village d'à côté, Peri, à 5 kilomètres de Cuttoli, ont continué un peu...

Qu'est-ce qui fait que l'on bifurque, à un moment donné ? Je me suis très souvent posé la question. Aucun de nous n'était issu d'une famille de délinquants. Est-ce le flottement de l'adolescence, exacerbé par de mauvaises fréquentations qui prennent souvent, en Corse, le visage d'un adulte auréolé d'une aura de parrain local ? Est-ce le produit d'une histoire ?

Cuttoli n'est pas réputé que pour la fête de la Saint-Martin et le savoir-faire de ses tisserands, ainsi que l'évoque la berceuse du « Cuscionu ». Comme beaucoup de villages corses, celui-ci a connu de nombreux épisodes sanglants liés à des *vindetti*, dont parlent encore les anciens ; le célèbre bandit Bocognano y a tenu le maquis pendant de nombreuses années. Et à Cuttoli, comme dans tous les villages corses, il y avait une famille de voyous qui avait pignon sur rue.

Son nom était Tramoni. Le père plaçait des machines à sous et avait tâté de la prison, l'un des neveux aussi, pour des vols à main armée. Parcours classique qui ne choquait personne, bien au contraire, d'autant moins que c'était des gens qui faisaient toujours plaisir. On les regardait même avec un certain respect, pour leurs bonnes œuvres.

Le père Tramoni, un type à la bedaine conviviale, organisait des parties de chasse avec une vingtaine ou une trentaine de personnes, qui se terminaient toujours par de grandes tablées. Il voulait avoir la plus belle équipe de chasse du village, faisant ainsi venir à lui des jeunes à qui il demandait ensuite de petits services : « Viens me récupérer tel jour à tel endroit » ; « Emmène-moi là… » Et il n'avait pas besoin de le demander par la terreur, loin de là.

Non, au départ, il y a souvent le sourire d'un mafieux, même si, pour moi, ce n'est pas là que tout a commencé.

Jusqu'en CM2, j'ai été, bizarrement ou pas, un très bon élève. À l'école communale, je collectionnais les bons points distribués par mon institutrice. Après, j'ai été relativement transparent au collège privé Saint-Paul à Ajaccio, où, très vite, je n'ai eu qu'une hâte : arrêter les études et m'orienter vers un lycée technique. J'ai enchaîné avec un lycée professionnel, dans une section qui faisait de la programmation de systèmes automatisés électroniques, où j'ai alors coché les cases BEP, CAP et bac pro. J'étais heureux, je faisais des stages. Ensuite, j'ai trouvé un emploi dans une entreprise d'électricité qui travaillait pour des bâtiments industriels, j'ai enquillé dans une boîte de maintenance de climatisation. J'ai dû y rester deux ans, je roulais en voiture de fonction, tout allait bien. C'est ensuite, par bêtise, par naïveté, que tout a déraillé.

David, je le croise le soir, quand je descends à Ajaccio dans les discothèques et les bars à la mode, à la 5e Avenue, au Blue Moon, au Yacht. Cheveux longs façon surfeur, il n'est pas ce qu'on appelle un beau gosse, mais il est toujours sapé dernier cri, des jeans près du corps, des chemises déboutonnées de deux boutons en haut, une tchatche à te faire passer une paire de sneakers pour des mocassins. Il a une petite affaire dans la restauration, qui tourne bien, il sort beaucoup, il connaît du monde. Il a aussi fait de la prison pour détention et trafic d'armes, mais son pedigree, somme toute assez commun, ne me rebute pas plus que ça. David, il est toujours dans mille combines, il se promène avec une farandole de billets et, avec lui, les nuits s'étirent dans le champagne. Tout pour m'épater, dans mon petit monde qui ne voit désormais pas plus loin que les soirées « mousse » à la plage du Blue Moon.

De jour en jour, je me lève de plus en plus brumeux, de plus en plus tard, et mon patron, au travail, fronce de plus en plus les sourcils. Je m'en moque. Moi qui n'ai jamais rien connu d'autre que la vie de village, c'est comme si, tout à coup, j'avais poussé les portes d'un nouveau monde, la vie facile, la frime, les pieds de nez aux flics, aux règles établies.

David n'a peur de rien ni de personne. Pourquoi n'aurais-je pas le même train de vie que lui et ses potes ? Alors je claque, moi aussi, en fringues de marque, je fais des allers-retours sur le cours Napoléon au volant de ma nouvelle Peugeot 206, je passe le plus clair de mon temps avec David et toute sa cour de noceurs et de petits truands.

Dedans, il y a de tout. Et notamment Jean-Marc, qui, lui non plus, n'a pas le profil du voyou. Il occupe un bon poste à la mairie d'Ajaccio, mais il vient de se séparer, il n'est pas bien. Pour lui, comme pour moi, la bascule se fera en trois mois.

Sur le coup, on ne réalise rien. On se laisse aller, on se laisse emporter, on dévale la pente, doucement, d'abord, puis de plus en plus vite, de plus en plus fort. Et un beau matin, on se retrouve dans un cagibi de 9 m^2 face à trois types assis sur des lits superposés qui vous regardent à l'oblique, avec le bruit de la clé dans la porte qui se referme derrière.

J'ai commencé par un petit vol à main armée, puis deux, puis trois, puis dix, puis vingt. David a un carnet de commandes assez fourni. Tout un tas de gens, des notables, des concessionnaires, des copains, lui « demandent » une voiture, une moto. À la longue, il a acquis un savoir-faire et un matériel impressionnants pour refaire des clés, couper des alarmes, démarrer une voiture rien qu'avec des fils. Un atelier de carrosserie à lui tout seul.

Je ne sais pas si ça parle à mes études de systèmes électroniques, déjà lointaines, mais tout ça me plaît. Alors nous partons en repérage, en ville, dans les environs d'Ajaccio, et puis nous mettons sur pied notre petite entreprise de vols en série. Jusqu'à celui commis en juin 2000 qui me propulse dans ma carrière de truand, alors que je suis encore salarié de mon entreprise de climatisation, du moins officiellement.

David, Jean-Marc et deux autres braqueurs de métier, nous avons récolté une bonne info de la part d'un type d'une société de transport qu'on connaît bien. Il est ce qu'on appelle une sentinelle. Les sentinelles, ce sont des gens qui gravitent autour du Milieu et qui ont toujours les oreilles qui traînent là où il faut : à tel endroit, un gros dépôt bancaire a été effectué, à tel autre, une vente de magasin, à tel autre, un gros retrait. En clair, les sentinelles flairent le cash là où il se trouve, donnent l'info, puis prennent leur part sans se mouiller. Cela se passe ainsi d'Ajaccio à Marseille en passant par Caracas, et cela commence toujours ainsi, par un vol à main armée ou une attaque de fourgon blindé.

Dans ce dernier cas, l'information vient très souvent soit d'un convoyeur, soit de quelqu'un faisant partie du dépôt de transfert de fonds. Tous ces types, sans lesquels le business n'existerait pas, Pierre-Marie Santucci, un membre de la Brise que j'ai bien connu, les appelait les « caves ». Il leur rendait tout le mérite qu'il leur devait : « Tu ne peux pas faire d'affaires sans les caves. »

Cette sentinelle, donc, nous donne l'alerte quant à un gros magot dormant dans un coffre-fort chez des particuliers, un couple de commerçants d'Ajaccio qui a vendu un magasin avec un confortable dessous-de-table. Le type nous donne l'adresse, une résidence à l'entrée d'Ajaccio, dans le secteur de Castel-Vecchio, et nous voilà partis sur le lieu de notre futur délit dans une Renault Clio volée, que David a récupérée chez un carrossier.

Il est environ 10 heures du matin. Je suis garé en planque au bas de l'immeuble, dans une ruelle. En face de moi, une impasse. Je regarde de tous les côtés, passablement nerveux. J'attends les autres, qui sont montés dans l'appartement et doivent redescendre avec le butin. Cela ne fait pas cinq minutes qu'ils sont partis que, tout à coup, je vois David revenir essoufflé et cogner comme un sourd à la vitre : « Il faut tu viennes, ils ne peuvent pas ouvrir le coffre ! » Panique à bord.

Je sors de la voiture en courant, je grimpe avec David les six étages qui mènent à l'appartement. Et là, je débarque à peine dans le salon que j'entends des sirènes hululer de partout. Le couple venant d'être séquestré, l'une de ses filles, présente dans l'appartement, avait eu le temps d'appeler les policiers…

Ils frappent à la porte. Je m'en approche, je jette un œil par le judas, je ne vois rien, il a été obstrué. Affolé, je fais de grands gestes à David pour lui dire que je vais sortir, prendre un flic, le ramener avec nous en otage, puis tenter une sortie par la cage d'escalier.

L'idée, qui vaut ce qu'elle vaut, causera ma perte. Quand j'ouvre la porte pour sortir, David me la referme dessus, à clé. Je suis fait.

En face de moi, dans la cage d'escalier, une énorme masse noire. Trente policiers de la BRI, qui me passent aussi sec les menottes, pendant que toute la bande réussit à s'enfuir de la résidence en sautant de balcon en balcon. Le seul qui sera pris avec moi, c'est Jean-Marc, parce qu'il aura glissé entre le deuxième et le troisième étage. Triple fracture de la jambe. David, lui, sera interpellé quatre mois plus tard à cause de son ADN recueilli sur une casquette tombée sur les lieux. Il fera trois semaines de détention avant d'être remis en liberté.

David avait quand même eu le temps de filer avec l'argent et des bijoux. Mais, un jour, le magistrat a eu la surprise de les recevoir par la poste dans une grosse enveloppe kraft. Un parent de Jean-Marc, connaissant les victimes, qui voulaient légitimement récupérer les bijoux de famille, avait tenté de négocier avec eux qu'ils se retirent de la partie civile en échange de l'enveloppe.

Le deal n'avait pas fonctionné puisque le procès s'est finalement tenu à Ajaccio. Il a duré quelques heures, le temps d'un après-midi. Et je dois avouer que c'est là et seulement là, quand j'ai vu ce couple un peu perdu, assis sur un banc, que j'ai réalisé ce que nous avions fait.

Ces gens n'avaient rien demandé à personne et ils se retrouvaient dans un tribunal, assis non loin de mes parents, qui, eux, étaient tombés du ciel en apprenant mon forfait. Ils ne m'avaient pas élevé pour que j'en arrive là…

Moi et mes frères, ils nous avaient toujours éduqués dans un cadre strict, du mieux qu'ils pouvaient. Et voilà que je les obligeais tout à coup à faire face à une cour d'assises et à régler des honoraires d'avocats. Ce jour-là, je n'ai pas pu soutenir le regard de mon père, ni celui de ma mère.

Nous sommes trois à avoir été condamnés pour vol aggravé avec séquestration. David et moi à sept ans ferme, et Jean-Marc, à quatre ans. Je n'avais pas participé à la séquestration et je n'ai commis aucune violence, même si personne ne m'avait contraint à m'aventurer dans cette affaire. Je l'avais décidé moi et moi seul. Et je payais. Sept ans. Un nouveau pan de vie s'ouvrait en prison, et pas le plus glorieux.

Pépé n'a pas eu le temps de m'y voir. Il s'est éteint en 2000, quelques mois avant que je n'entre en détention.

Mémé Marie, elle, en revanche, a vécu longtemps après. Elle est morte en 2015, à 88 ans, et je n'ai pas su épargner sa vieillesse. Quand elle a appris le vol de ce couple de commerçants, puis, quelques années plus tard, mon triste compagnonnage avec la Brise, ma grand-mère s'est beaucoup rembrunie. Elle n'était plus la même. Je ne voyais plus ce doux sourire qui avait tant bercé mon enfance éclairer son visage, je voyais autre chose, comme une ombre, paralyser le coin de ses lèvres. À chaque fois, Mémé m'embrassait, me serrait contre elle, me murmurait qu'elle m'aimait toujours, mais c'était comme si en elle quelque chose s'était cassé, envolé, à tout jamais.

La sachant très malade, j'ai voulu aller la voir, une dernière fois, alors que j'avais déjà fui la Corse après mes confessions à la police, et que j'étais traqué. C'était en 2014. Depuis des semaines, Maman me disait que Mémé était très fatiguée. Je savais qu'il me serait sans doute difficile de me rendre à son enterrement, alors j'ai voulu retourner pour une fois, et une seule, en Corse.

Ce jour-là, j'ai pris le bateau à Marseille avec ma moto et un billet au nom d'un autre. Je ne pouvais pas prendre le moindre risque. Depuis longtemps, je sais que ceux qui m'en veulent ont des connexions partout, à la SNCM, chez Orange, à l'aéroport ou bien encore au tribunal de commerce ou au greffe de Bastia. Arrivé à Ajaccio, j'ai ensuite parcouru le chemin jusqu'à la maison de repos où était Mémé, à Sarrola. Elle n'avait pas été prévenue. Je ne l'avais pas revue depuis des années. Je l'ai à peine reconnue, très diminuée, une petite chose, assise dans son lit. Quand elle m'a vu débarquer dans sa chambre, une grosse larme a roulé sur son pauvre visage ridé : « Mais qu'est-ce que tu fais là… Il ne faut pas que tu viennes, tu le sais. »

Je suis resté une heure avec elle, ma main dans la sienne, la rassurant, lui murmurant ce qu'était devenue ma vie, sans entrer dans les détails, et je suis parti. Le soir, j'ai rejoint Cuttoli, où j'ai dormi chez mes parents. Je suis arrivé directement dans le garage avec ma moto, casqué, pour que personne ne me voie et ne s'en prenne à mes parents, puis j'ai repris la route vers le continent le lendemain.

C'est la dernière fois que j'ai revu la Corse.

Francis

Plusieurs jours, déjà, qu'un grand frisson parcourt les coursives, que toute la taule ne bruit que de son nom. Il y a ceux, détenus ou matons, qui le prononcent avec un mélange de respect et de quasi-piété. Il y a tous les autres, livides, qui se terrent au fond de leur cellule comme s'ils attendaient l'extrême-onction, parce qu'une querelle les a opposés, un jour, à Francis Mariani.

Décembre 2000. Bientôt mon premier Noël en prison. J'ai 22 ans et je vois déjà la vie défiler derrière des barreaux, à Borgo, en périphérie de Bastia. J'ai très mal vécu d'être enfermé vingt et une heure sur vingt-quatre à la prison d'Ajaccio où j'ai d'abord atterri en préventive après ma condamnation pour vol, la cellule où on s'entassait à quatre, les cours de promenade de 15 m^2.

J'ai repris un peu d'air en arrivant ici, dans ma cellule pour moi tout seul. Bienvenue à Borgo, au Club Med de la pénitentiaire. Des amis m'en avaient parlé en rigolant : « Tu vas voir, là-bas, tu n'es pas en liberté, mais c'est tout comme. » Pas faux. Même si elle ne vaut pas la « résidence de vacances » de Casabianda, à Aléria, sans barreaux, sans murs d'enceinte et sans miradors, Borgo n'est pas une prison comme les autres. Encore une exception insulaire.

Mon unité, c'est la 3, au deuxième étage d'un bâtiment moderne où l'on peut aller et venir comme on veut, passer de cellule en cellule sans avoir besoin d'appeler un gardien. De 7 heures le matin à 12 h 30, puis de 13 heures à 19 heures, toutes les portes sont ouvertes. Une tolérance que le Code de procédure pénale réserve théoriquement aux établissements pour longues peines et qui a été obtenue, comme toujours, à coups de pressions et de plasticages exercés à l'encontre des gardiens et des directeurs qui se succèdent. Il existe quand même des horaires de promenade, mais celui qui les a oubliés tape gentiment à la porte d'un gardien et on l'y emmène. Il y a aussi un immense gymnase qui se dresse au milieu des bâtiments, plus loin, devant l'unité 5, un terrain de foot, de tennis, de hand, de volley, une salle de musculation, des vélos. Ne manque que la piscine.

Bref, tout est fait ici pour que le temps passe plus vite. Décidément, Borgo est une exception. Ici, on compte aussi 121 gardiens pour 120 prisonniers. La seule prison où il y a plus de matons que de détenus. Personne ne songe à s'en plaindre, puisqu'ici ce sont les voyous qui font la loi, et pas l'inverse. Les gros bonnets du banditisme, l'administration pénitentiaire les met à Borgo, et non à Ajaccio.

Moi, dans ce paysage, je ne suis qu'un bleu. Chaque matin qui passe, je m'oblige à ne pas penser aux six années qui me séparent de l'air libre et j'organise ma petite vie. J'ai tapissé mes murs de photos de rallye et de chasse que j'ai découpées dans des magazines, j'ai mis des rideaux à la fenêtre, je soulève de la fonte dans la salle de sport, je vais au cours de boxe ou de jujitsu. Et, ces jours de décembre, j'attends. Que la pluie cesse de battre ces murs gris et que Mariani arrive.

Je suis impatient de le voir, moi aussi, je dois bien l'avouer. De la Brise de mer, je ne connais que le mythe et je vais bientôt me retrouver à partager ma gamelle avec trois de ses plus gros calibres, parce que les seigneurs de la Brise sont tombés. Pour une banale affaire de racket à Sartène, dit-on.

Francis Mariani a été arrêté avec ses acolytes Pierre-Marie Santucci, Maurice Costa et quelques autres. Santucci a atterri à Borgo, dans la même unité que moi, Maurice Costa est dans une autre. Encore détenu à Paris, Mariani a donc obtenu d'y être transféré ces jours-ci, et Santucci multiplie les démarches pour que son frère d'armes, son complice de toujours, ait une cellule à côté de la sienne.

Avec Pierre-Marie, le lien s'est noué assez naturellement, en fait. Parmi la vingtaine de détenus de l'unité 3, je fais partie des cinq ou six petits jeunes qu'il a, pour ainsi dire, pris en affection. Pierre-Marie Santucci a le contact de ses origines de fils d'agriculteurs, simple et rugueux, à l'image de ce visage tanné, aux traits creusés comme des cicatrices, de sa mise de berger vêtu d'un short été comme hiver et de sa cellule qu'il a laissée à l'état brut, sans une once de décoration. Un lit, une table, un petit meuble de chevet, un petit coin de toilette. Et rien d'autre.

Voilà, nous y sommes. Ce matin, on annonce Mariani d'une minute à l'autre. Je prends le café dans la cellule de Pierre-Marie, je regarde d'un œil distrait, et à présent presque supérieur, le jeune détenu que le baron de la Brise a pris comme factotum pour lui faire le ménage en échange de quelques cantines. Il finit de faire son lit comme tous les jours, s'attaque à l'évier, quand entre, enfin, celui que tout le monde attend.

Je le reconnais aussitôt. C'est lui.

Je l'ai croisé sur plusieurs rallyes, en Corse, où il était réputé pour être un très bon pilote et le seul, sur l'île, à pouvoir se payer une Subaru d'usine, l'un des plus gros véhicules de course qui existent. Un bijou à 600 000 euros qu'il n'avait d'ailleurs pas mis à son nom, puisqu'il était censé vivre de ses oliviers aux yeux de la justice, mais à celui d'un prince qatari, fou de rallye, qu'il avait croisé sur un salon à Genève. C'est comme ça que, après son arrestation à Sartène, le juge Cambérou, qui instruisait l'affaire, avait fait partir une commission rogatoire au Qatar. Sur les traces de la Subaru.

Planté dans l'encadrement de la porte, il m'impressionne. Il est encore plus grand que ce que je m'imaginais : 1,80 m, 90 kilos de muscles, un cou soudé dans de la fonte, des mains de forgeron. Il ne se présente pas, me scrute en silence. Deux orbites habitées de deux inquiétantes veilleuses grises qui me transpercent de malaise, cherchent à me déshabiller. Je souris timidement.

Je crois rêver. Les voilà tous les trois face à moi, dans les mêmes bâtiments que moi. Francis Mariani, Pierre-Marie Santucci et Maurice Costa. Le trio de la mort. Les parrains de la Brise. Ceux qui font régner la peur en Corse et dans toute la taule. Il n'y a pourtant pas qu'eux, alors, à Borgo, il y a aussi du monde. Des hommes du clan Federici, notamment, qui ne sont pas réputés pour être de francs rigolards. Mais, je vais l'apprendre tous les jours, ce sont eux, les hommes de la Brise, qui font régner l'ordre, le leur.

Depuis que Francis est arrivé, il y a de l'émulsion dans l'air. Même le comportement des gardiens a changé. Tout juste s'ils ne marchent pas sur la pointe des pieds en entrant dans sa cellule. Il faut les voir susurrer son nom au lieu de le gueuler à toute la coursive, prendre mille précautions pour ouvrir sa porte, le matin, de manière à ne pas le réveiller, alors que tout le reste de la détention a droit à des claquements qui vous collent au plafond dès 7 heures. Quand nous revenons du parloir, c'est fouille pour tous. Pour lui, jamais. Impensable de passer la main sur Mariani ou Santucci.

Sur le terrain de foot, les règles aussi ont changé. Quand Francis joue, il gagne systématiquement le match avant le coup de sifflet. Inutile de le lui disputer ni de se risquer à lui toucher le ballon dans les pieds, de peur de se prendre une gueulante à souffler tous les murs de la prison ou de finir en charpie sous ses poings ou ceux de Pierre-Marie. Voire bien pire dehors. Avec eux, une histoire de ballon peut très mal se finir. C'est ce que je me suis dit, ce matin-là, au bord du terrain, quand j'ai vu Pierre-Marie finir au sol avec un œil en sang, telle une balle de ping-pong pendant de l'orbite, sous les coups d'un jeune fou qui n'a pas mesuré ce qu'il venait de faire.

Déjà, l'arbitre avait sifflé le début de la partie dans une ambiance de plomb. D'un côté, l'équipe de Pierre-Marie ; de l'autre, celle d'Alexandre Rogliano, un jeunot de 20 ans appartenant à la famille des Mattei, rivale de la Brise de mer, dont, dix ans plus tôt, l'un des frères, Tony, avait été assassiné par des proches de la Brise… Tony Rogliano était en effet un voyou en train de monter en puissance. Il attaquait des fourgons blindés tout seul, ne baissait la tête devant personne. De ce fait, la Brise avait décidé de l'éliminer à titre préventif.

Sur le terrain de football, Pierre-Marie et Alexandre ont commencé par se défier salement du regard. Puis ils se sont jetés comme des fauves dans le match, chacun de leur côté, castagnant le ballon dans tous les sens. Et quand l'arbitre a sifflé la fin des hostilités, il est arrivé ce qui n'aurait pas dû arriver : l'équipe d'Alexandre a gagné. Elle aurait pu avoir le triomphe modeste, mais non, Alexandre a fanfaronné au nez et à la barbe de Santucci, qui lui a dit de la fermer. L'autre continuant à dégoiser, Santucci s'est alors levé de son banc, la bouche tordue de dégoût, et lui a collé une gifle. Rogliano, qui n'attendait que ça, a riposté par une grêle de coups de poing d'une violence inouïe. Je crois qu'ils auraient pu se tuer l'un l'autre sous nos yeux si nous n'étions pas intervenus à plusieurs pour les séparer. Deux taureaux ivres de sang. Séché, Pierre-Marie a fini par terre, l'œil exorbité. Il a bien mis plusieurs minutes à se relever et il a fallu que les surveillants accourent pour le soulever de terre et appeler une ambulance.

Pierre-Marie a été hospitalisé et a failli perdre son œil. Quand il est revenu parmi nous, trois jours plus tard, son œil était bandé, mais ce n'était pas tout. Sous le visage, minéral, la haine s'était logée, tenace, compacte comme de la glace pilée. Nous nous sommes tous dit que ça allait mal finir. Surtout le chef de la détention, Gladicz, qui ne craignait qu'une chose : une vendetta dans son unité.

Gladicz, c'était l'adjudant-chef, un étranger en terre corse qui prenait son métier un peu trop à cœur. Venu d'Alsace, blond coupé à la brosse, un visage allongé qui lui donnait un air de truite, il était le plus zélé de tous les matons. Il faisait fouiller les cellules tous les jours, venait lui-même à la sortie des parloirs nous tâter les poches. Bref, il gérait sa détention comme un régiment de parachutistes et se serait très mal vu justifier auprès de sa hiérarchie d'un assassinat dans une cellule au prétexte d'un match de foot qui s'était mal terminé.

Le voilà donc qui convoque Santucci de retour de l'hôpital pour lui faire la leçon et obtenir de lui la garantie qu'il ne tentera rien contre Rogliano qui loge, lui aussi, dans l'unité 3 et, par fierté, refuse d'en bouger… Comme Francis Mariani vient d'arriver à Borgo, Gladicz l'a aussi convié à l'entretien. Il sera à même de convaincre Pierre-Marie, pense-t-il.

Escorté de Mariani, Santucci entre dans le bureau de l'Alsacien, qui lui remet le problème entre les mains. De son air de rustre, Santucci promet en grommelant qu'il ne se passera rien dans la détention, avant de traiter Gladicz de froussard en ricanant. À peine Gladicz lui a-t-il rétorqué que non, pas du tout, Santucci se raidit, cogne du poing sur la table et Gladicz, surpris, fait un bond de trois mètres en arrière. Les yeux de Pierre-Marie se rétrécissent : « Vous voyez bien que vous avez peur de nous… » L'entretien s'est terminé là et Gladicz ne l'a plus jamais convoqué. Il l'a d'autant moins fait que, pendant que la Brise était là, son appartement a été la cible de plusieurs plasticages, dont un lui a carrément soufflé la porte d'entrée, partie s'incruster dans la chambre des enfants !

Pierre-Marie avait dit qu'il ne se passerait rien dans la détention. Mais, pour ce qu'il en était dehors, il n'avait rien promis. Quand il s'est évadé de Borgo quelques mois plus tard, un autre frère Rogliano, Pascal, simple marchand de fruits, finissait sa tournée de primeurs quand une déferlante de balles s'est abattue sur son fourgon. Un carnage. Le pauvre homme a été retrouvé la tête trouée, dans une mare de sang. Méconnaissable. Il n'était pour rien dans la partie de foot. Il travaillait, il menait une vie tranquille de famille. Mais son frère avait humilié un parrain de la Brise de mer. Quand Francis m'a raconté ce qui était arrivé au frère Rogliano, une flamme de jouissance brillait dans ses yeux.

Nous le savions tous : Santucci et Mariani, mieux valait ne pas les avoir aux fesses, ni dedans ni dehors. Nous savions tous que, avec eux, la vie ne valait pas plus qu'une poignée de main, même moins. Nous savions tous qu'ils avaient fait couler du sang, beaucoup de sang.

Il faut avoir regardé la mort dans les yeux quelquefois pour atteindre le haut de l'échelle de la Brise.

Des trois, Francis était celui qui, de loin, avait le plus tué. Il ne s'en cachait pas, bien au contraire. Mais Pierre-Marie, qui s'en vantait moins, le talonnait. Francis m'a confié, plus tard, que Pierre-Marie avait envoyé sous terre une quinzaine de personnes, dont une à mains nues. Un homme qui avait porté tort à son frère, avant que celui-ci ne décède d'un cancer. Je n'ai jamais su de quel tort il retournait, mais il s'agissait en tout cas de quelque chose de suffisamment grave aux yeux de Pierre-Marie pour qu'il allonge l'offenseur de ses poings avant de l'achever d'une balle en pleine tête.

Partout où ces hommes passaient, ils creusaient une tranchée dans la tête des gens. En les côtoyant à Borgo, je crois que je comprenais mieux la terreur qui nimbait chacun de leurs faits et gestes et, rétrospectivement, le coup de parano du fils d'un restaurateur de Sartène qui les avait jetés en prison, avec moi. Plusieurs versions ont longtemps couru sur les raisons de leur arrestation, en 2000. La plus connue a toujours laissé entendre que les seigneurs de la Brise sont tombés pour une banale affaire de racket. Ce n'est pas vrai. En réalité, c'est la peur panique d'un homme, un malentendu assez rocambolesque, qui les a fait chuter.

Ce jour de juillet 2000, les barons de la Brise s'étaient tous retrouvés sur la place principale de Sartène, en

Corse-du-Sud : Richard Casanova, Francis Mariani, Pierre-Marie Santucci, Maurice Costa et Alexandre Chevrière. Le ban et l'arrière-ban du gang, réunis pour une expédition punitive. Ils voulaient venger la mort de leur ami Dominique Rutily, assassiné quelques années plus tôt à Hyères, en 1996, alors qu'il quittait le stade en compagnie de son ami Roland Courbis. Cet assassinat avait été le premier d'un membre du premier cercle de la Brise, en presque vingt ans d'ascension ininterrompue. Georges Seatelli avait bien précédé Rutily dans la tombe dès 1988, mais l'exécution de ce dernier avait été interne à la Brise. Rutily, non. Sa mort sonnait donc comme une sérieuse alerte. Il était urgent de la venger, et d'abord au plan du symbole, car il en allait de la sécurité et de la toute-puissance de la Brise. Sans compter que le groupe était alors fait de quelques règles intangibles, au premier rang desquelles figurait une solidarité absolue entre ses membres. Ils se devaient secours et assistance dans la vie comme après la vie. Une règle qui ne valait évidemment que pour le noyau dur.

S'ils ont débarqué en force à Sartène ce jour de juillet 2000, c'était dans le but précis de kidnapper un certain Robaglia, qu'ils soupçonnaient d'avoir tué Rutily, en vue de lui faire passer le pire moment de sa vie – les policiers, après coup, ont retrouvé dans leurs voitures volées un croc de boucher. C'est alors que Bruno Muriani, le fils d'un gérant de pizzeria sur la place, a vu arriver cette rangée d'hommes à l'air sombre et a pris peur. Incarcéré, un temps, il avait en effet connu en détention quelques conflits avec des proches de la Brise… Bref, il en était sûr, ils étaient venus pour le tuer !

Sur ces entrefaites, le fils Muriani a couru avertir son père, chez qui, précisément, les hommes de la Brise étaient en train de finir leur déjeuner… En panique, le père a alors appelé les gendarmes de Sartène pour leur dire que le noyau dur de la Brise était venu lui extorquer des fonds. Ce qui, pour une fois, n'était pas vrai… Il a même récupéré les verres dans lesquels Casanova, Mariani et les autres ont bu, pour porter leurs empreintes à la gendarmerie. Et les képis les ont interpellés en flagrant délit pour une prétendue affaire d'extorsion de fonds qui n'existait pas. Ils étaient simplement là pour un kidnapping !

Cette drôle d'histoire, Pierre-Marie et Francis me l'ont racontée autour du café, à Borgo. Elle les rendait totalement fous. Qu'ils aient des soucis avec la justice pour des forfaits qu'ils avaient commis, passe encore. Mais pour une affaire montée de toutes pièces par un pizzaiolo, c'était le comble ! Et comme il allait y avoir un procès à la clé, il fallait absolument tenter de limiter la casse et de reprendre en main cet imbécile de Muriani pour qu'il n'aggrave pas encore plus les choses.

Pour ce faire, à Borgo, Francis Mariani a eu une idée : imposer un avocat à Muriani et le rémunérer. L'avocat choisi a bien travaillé, puisque Muriani, au tribunal, s'est rétracté. Mais cela n'a guère suffi à Francis, qui craignait réellement de se prendre dix ans pour association de malfaiteurs et tenait à se blinder de tous les côtés. Un avocat lui conseilla donc, en amont du procès, de faire disparaître le dossier, car si le dossier original n'était pas présent dans la procédure, il pourrait déposer un vice de forme…

Comment peut s'évanouir un dossier ? Rien de plus simple. Mariani demanda ce service à un autre avocat, ancien bâtonnier d'Ajaccio – et aujourd'hui mis en examen dans une affaire de terrorisme. Cet avocat, de mèche avec un greffier, toucha, pour ce faire, l'équivalent de 150 000 euros – 75 000 euros payés d'avance et 75 000 autres une fois que le dossier fut remis en mains propres. C'est Tony Patacchini, le notaire et ami de Francis, qui se chargea de la remise de fonds. Mais le procès eut tout de même lieu, car il s'est avéré que le greffier n'avait pas volé l'original du dossier, mais seulement la copie…

Au tribunal, Muriani a tout de même largement réécrit l'histoire, dans un style alambiqué : il avait eu peur pour son fils, il était effectivement monté voir les gendarmes, mais c'étaient eux qui lui avaient demandé de récupérer les verres et d'expliquer que la Brise était venue lui extorquer de l'argent, sans quoi les gars ne pouvaient pas se déplacer !

À la barre, Francis Mariani, qui comparaissait seul, ses compagnons étant en cavale, a bien rigolé. Sa boutade est encore inscrite dans tous les livres sur la mafia corse : « La Brise de mer, c'est de la pipette, un mythe ! Elle n'existe pas. » Le motif d'extorsion a fait flop, la Brise se voyant condamnée pour des broutilles prêtant à sourire – recel de vol de véhicules et port d'armes en réunion. Le coup porté à la Brise était bien loin des attentes, légitimes, des magistrats. Encore une fois, la brillante équipe passait au travers des mailles du filet.

« C'est bête de mourir dans une ligne droite. »

C'est par ces mots navrés de Francis qu'à Borgo mon amitié avec lui a commencé. La première fois qu'il est entré dans ma cellule, il l'a balayée d'un regard circulaire et s'est planté devant la photo du pilote corse Marco Massarotto que j'avais collée au mur, au milieu d'autres images de rallye. Là, un silence religieux s'est fait, puis nous avons évoqué, ensemble, les cendres du pilote mort quelques semaines plus tôt sur le rallye de l'Yonne. Sa voiture avait décollé à 180 km/h après la bosse de Pimançon, un monticule spectaculaire, et heurté un poteau électrique. Une suspension avait lâché. Fin de course pour un homme que Francis tenait en haute estime, pas seulement pour ses capacités de pilote.

Avant de vivre de son garage et de devenir le meilleur pilote de rallye corse, Massarotto avait fait partie d'une bande de braqueurs qui avait entrepris certains des plus beaux casses du continent, dont celui de la Banque de France de Toulon. Pour toutes ces raisons, il était devenu l'ami de Francis.

C'est cela, la passion de la vitesse, de l'adrénaline, du ronflement puissant des moteurs, qui nous a rapprochés. À Borgo, au fil des jours, je me retrouve à jouer à la PlayStation, assis sur la couchette de ma cellule, à côté de Francis Mariani. Comme deux gamins, nous nous prenons pour Colin McRae, le grand pilote écossais surnommé Colin McCrash, au volant de sa Subaru Impreza 555, lors du championnat du monde. Francis me raconte ses souvenirs de rallye du tour de Corse avec Gilles Timonier, l'ancien copilote de Jean Ragnotti, la star des circuits. Il va chercher lui-même ses voitures à la sortie d'usine. Sa Subaru, il l'a achetée en Angleterre, chez Prodrive, l'écurie sportive de la marque. Une autre fois, il est allé chez Renault Sport, dans le Nord de la France, pour s'offrir une Megane Kit Car. Dans un sac, il avait emporté 300 000 euros en liquide. Mais, cette fois-là, il est rentré bredouille. Le directeur de Renault Sport avait poliment refusé son cash.

Je ris des bonnes histoires de Francis, il me confie de plus en plus de choses, jusqu'à son téléphone, que je planque comme une relique sacrée au fond de ma cellule, dans un autoradio, pour prendre à sa place si jamais les matons le découvrent. Je partage ses repas, je me ressers dans la bonne humeur, je m'écrase quand je sens le vent tourner, je suis tout le temps avec Francis et Pierre-Marie. En un mot, moi, le petit truand, je me « fais une cote » dans leurs basques, je pénètre chez les grands, dans la noblesse du banditisme, celle de la Brise de mer. Je flirte avec des monstres sacrés et j'en suis fier, terriblement fier.

Ces deux-là, Mariani et Santucci, ils sont comme les deux doigts de la main. À la base de leur amitié, un puissant acte fondateur, la création de la Brise, et le souvenir d'un frère défunt. Francis a porté le gang sur les fonts baptismaux avec une poignée d'hommes dont Francis Santucci, le frère de Pierre-Marie, auquel il était intimement lié. C'est Francis Santucci qui, avec Angelo Guazzelli, est à l'origine de la mythique scène originelle de la Brise, de son premier acte de guerre de la nouvelle génération du grand banditisme.

Ce jour caniculaire d'août 1981, Francis Santucci pénètre armé dans la discothèque Le Castel, à Taglio-Isolaccio, en Haute-Corse. Angelo et lui ne sont pas là pour danser sur du disco, mais pour défier le patron, Daniel Ziglioli, et lui expliquer que les boîtes de nuit doivent désormais être gérées par des voyous comme eux, et non par d'honnêtes gens. Ziglioli les jette dehors comme des chiens, tandis que le parrain du milieu local, Louis Memmi, qui contrôle alors l'essentiel des machines à sous, décide à son tour de réagir et d'infliger une correction à Santucci. Le 10 septembre 1981, l'assassinat de Louis Memmi signe le prélude d'une véritable hécatombe. Tout son clan sera décimé. La Brise, du nom de ce bar bastiais où les futurs tauliers de l'île se retrouvent, est née dans un bain de sang.

Depuis lors, Francis Mariani a toujours eu pour Francis Santucci une amitié indéfectible, jusqu'à ce qu'une leucémie foudroyante emporte ce dernier en 1992. À chaque fois que j'entendrai Francis me parler de lui, je le sentirai sincèrement ému ; ce sera d'ailleurs bien la seule fois où je le verrai le regard embué.

Dans la fratrie Santucci, Pierre-Marie a ensuite repris le sceptre, et Mariani a alors reporté sur lui la profonde amitié qu'il avait pour son frère. Elle est là, l'explication de leur secrète osmose. Et puis, au fond, Francis et Pierre-Marie se ressemblent. Même âpreté au gain. Mêmes origines modestes.

Francis est le fils d'un transporteur routier de Serra-di-Scopamenta, Pierre-Marie, de paysans de Sorbo-Ocagnano, en Corse du Nord, à la limite de Bastia et de la plaine orientale. Leur complicité de rustres élevés à la dure se passe de mots.

Avec Maurice Costa, c'est différent. Un peu le choc des cultures. Tandis que Francis et Pierre-Marie sont toujours ensemble, Maurice vit sa vie de son côté, dans une autre unité. Des trois, il est sans conteste le plus élégant. Il est même le mieux habillé de toute la prison, dans un style golfeur. Costa a toujours les marques dernier cri, les chaussures à la mode. Il se promène en veste, soigne l'agencement des couleurs, traque les faux plis. Il a gagné beaucoup d'argent, dans sa vie, et cela se voit, à l'inverse des deux autres, d'autant que lui aime donner, les autres non. Maurice, c'est un généreux.

Dans son unité, à chaque fois que ses cantines arrivent devant sa cellule, il y en a pour vingt caisses en plastique et 1 500 euros la semaine, alors que, avec 100 euros, on peut déjà bien manger. Mais Maurice achète pour tout le monde, puis il distribue, à ceux qui lui font à manger, à ceux qu'il a pris en sympathie. Des pâtes, des produits frais, des cigarettes. Il est comme ça, Maurice. Dans un parloir, il peut dire à sa femme de prévoir un mandat de 1 000 euros pour quelqu'un qu'il aime bien, il peut payer les avocats d'anciens détenus qu'il a croisés en détention. C'est de famille : ses frères Mimi et Pierre Costa sont pareils.

Pierre-Marie, lui, inutile de venir fouiller dans sa cantine. Un rat. Il ne dépense pas un centime, n'achète rien pour lui, prend chez les autres. Il refuse même le plan que lui propose Francis au moment du passage du franc à l'euro. Francis est alors de mèche avec un courtier de Bastia qui leur propose de changer leur argent liquide contre une commission de 4 %. Dieu sait s'ils en ont, notamment Pierre-Marie, qui a des montagnes de cash à l'extérieur, dans diverses planques ! Mais pas question, pour lui, de donner même un si petit pourcentage à qui que ce soit.

Quand il sortira de prison, il tentera d'aller récupérer 400 000 francs (60 000 euros) dans le grenier d'une vieille maison de village, mais n'y trouvera que des miettes, l'argent ayant été grignoté par les rats ! Francis en rigolera bien : « Tu vois, ça ne peut pas m'arriver à moi, ça, parce que, moi, l'argent, je le dépense ! »

Quand même moins que Maurice. En réalité, la différence, c'est que, quand Maurice allait acheter une voiture, il la payait. Francis, il la prenait. Maurice avait une foule de copains, il était ami avec des concessionnaires d'automobiles, avec des restaurateurs, il aimait aller dans de bons restaurants et payer, parce qu'il aimait faire plaisir au commerçant. Francis, lui, aimait inspirer la terreur.

Je l'ai côtoyé du mois de décembre 2000 au mois de mai 2001, au moment où il s'est évadé de Borgo avec Pierre-Marie et Maurice. Par fax.

L'évasion en douceur la plus spectaculaire de toute l'histoire de l'administration pénitentiaire. Un coup de maître sans aucun coup de feu ni prise d'otage. Non, juste un fax, un faux document judiciaire envoyé à la direction de Borgo. Et une sortie par la grande porte.

Moi qui suis dans les petits papiers de la Brise, je suis au courant du projet depuis déjà plusieurs jours. Ce jeudi 31 mai 2001, à 17 h 04, le fax du greffe de la prison de Borgo crépite. Une télécopie émanant du cabinet du juge vient de tomber. Un ordre de libération, signé par l'un des vice-présidents du tribunal d'Ajaccio. Il concerne trois détenus : Francis Mariani, Pierre-Marie Santucci et Maurice Costa.

En réalité, aucune libération n'est prévue, mais l'acte a l'air d'être fait dans les règles de l'art. Et la direction de la prison, qui ne prend pas la peine de vérifier, n'y voit que du feu. Quand bien même elle aurait eu un doute, un homme au greffe de Borgo aurait été chargé de passer un faux coup de fil pour valider l'ordre de libération. Pour la peine, il a touché la modique somme de 150 000 euros.

Alors que je suis dans une coursive en train de bavarder avec Francis et Pierre-Marie, un surveillant déboule : « Vous êtes libérables. » Aucun des trois ne bronche. Ni réaction d'allégresse ni de surprise. Le surveillant ne sait pas sur quel pied danser. En silence, Francis, Pierre-Marie et Maurice rejoignent chacun leur cellule pour y prendre un ou deux effets et laisser tout le reste. Puis ils se dirigent, en sandales, vers la sortie.

Le seul qui a mis le bordel au greffe, ce jour-là, c'est Santucci. Fidèle à lui-même, il voulait récupérer ses sous et la maison n'avait pas de liquidités. Francis et

Maurice l'ont calmé. Et, le pire, c'est que l'évasion a été tellement réussie qu'ils n'ont même pas été considérés juridiquement comme des fugitifs, n'ayant fait usage d'aucune violence.

Comme Francis me l'a souvent dit : « Ils sont venus nous chercher en cellule, ils nous ont ouvert la porte et ils nous ont dit de sortir. On n'allait pas non plus rester. »

Dans la roue du diable

Dans la grande cheminée, le foyer scintille comme une flaque rouge. Accoudé à une table face à la porte, comme toujours, Francis n'a pas fini d'étancher sa faim. Il s'essuie la bouche, lève son verre pour porter à ses lèvres un saint-julien classé et me regarde fixement, les pupilles injectées.

Ce déjeuner au Prunelli, cette auberge de pierres au bord d'une rivière de Bastelicaccia, à 10 km d'Ajaccio, ce devait être, à l'automne 2007, une banale reprise de contact entre d'ex-relations de détention. Mon téléphone avait sonné. Au bout du fil, l'ami de Francis, Tony Patacchini : « Il va descendre ce soir, il veut te voir. » Je n'avais pas la moindre idée du pourquoi.

Depuis que nos chemins s'étaient croisés à Borgo, en 2000, il nous était arrivé de nous recroiser sur des courses, Francis et moi, comme au rallye du Mont-Blanc, ou bien dans des bars d'Ajaccio, mais c'était à peu près tout. Moi, depuis ma libération en janvier 2004, j'avais recommencé à travailler dans une petite entreprise de construction, lui avait replongé dans les lourds secrets de la Brise.

J'ai un grand vide dans la tête. Face à moi, Francis a brutalement retroussé ses manches et me tend les bras au-dessus de son assiette. L'un est emmailloté d'un épais bandage. L'autre est lacéré de larges coupures. La chair est ouverte, encore à vif. Des traces de balles. « Il y a une semaine, on a essayé de me tuer. Tu vas m'aider à retrouver ceux qui ont fait ça. »

C'est sur ces mots que débute le grand pétrin vers lequel va s'orienter toute ma vie.

Sant'Andréa-di-Cotone, un petit village sur les hauteurs, penché sur la plaine orientale, et, au loin, le bleu de la mer. La maison de Francis est plantée à la sortie, à peine visible de la petite route bosselée qui serpente à travers les collines pour plonger vers le barrage d'Alesani. Sa nouvelle femme, Pascale, l'a fait construire dans un style contemporain, tout en baies vitrées, pendant qu'il était en détention. Cela n'a pas plu à Francis, qui, aussitôt sorti, en a fait doubler tous les murs en pierre. Ceinturée d'un immense jardin avec piscine, la bâtisse de 300 m^2 abrite des meubles de bois exotique, des sols de marbre, une salle de sport, un écran de cinéma, une cave climatisée pour les grands crus.

Ce soir de novembre 2007, il est entre 19 heures et 20 heures quand, sur la route qui relie Cervione à Sant'Andréa-di-Cotone, le bruit rauque d'une Porsche GT3 fend la nuit. Francis est au volant, il rentre chez lui. À 1,5 km de sa maison, un dos-d'âne l'oblige à ralentir. La Porsche, très basse sur route, se cabre sur le monticule quand, tout à coup, des détonations déchirent l'air. Deux tireurs embusqués de part et d'autre de la route font feu au fusil d'assaut et à la chevrotine. La vitre côté conducteur de la Porsche explose. Touché à l'avant-bras, Francis se baisse et écrase son pied sur l'accélérateur.

La Porsche fait un bruit de forge. Sortis de leur cache, les deux tireurs continuent de mitrailler la voiture. Les balles transpercent le pare-brise, le capot, les vitres, les portières. Par miracle, Mariani, couché sur le siège, main crispée sur le volant, échappe à la grêle et parvient à conduire jusqu'à son portail. Là, il jette dans le garage la Porsche trouée d'une quinzaine d'impacts et, serrant contre lui son bras gauche pissant le sang, fonce vers sa maison prendre un fusil de chasse pour en ressortir aussitôt et courir vers le portail. Il s'immobilise dans la nuit. Attend que ses tueurs reviennent. Quelques minutes se passent. Un fourgon blanc passe à toute allure sur la route et s'en va rejoindre la vallée. C'est celui du commando.

Le lendemain, Francis est de retour sur le dos-d'âne. Il vient lui-même effectuer les constatations puisqu'il est hors de question, évidemment, de parler de quoi que ce soit à la police. Au sol, il retrouve une quinzaine de douilles de calibre 222 et cinq douilles de fusil de chasse.

Devant son assiette vide, Francis a fini de me raconter l'histoire, dont il a pris soin de détacher chaque mot. Subitement, je comprends la lueur que je vois briller au fond de ses yeux calmes. Le feu de la vengeance.

Il avait pris soin de commencer le repas en me rappelant, sur un ton de velours, de l'amicale confidence, que je suis dans la panade, ces temps-ci, que j'ai bien fait de me séparer des deux derniers associés de mon entreprise de construction, « parce qu'ils sont venus tout te prendre, ils ont été envoyés ». C'est bien vrai, cette histoire m'a enfoncé la tête sous l'eau. J'y croyais, à cette boîte que j'avais créée.

J'ai dû déposer le bilan en octobre, dépité, n'ayant même plus un sou pour payer les ardoises que les deux lascars m'ont laissées. J'ai même fini par en toucher un mot à son ami Tony Patacchini, qui m'a prêté sur son ordre 50 000 euros, que j'ai acceptés sans réfléchir.

Depuis, je suis redevable à Francis Mariani, qui me demande, à présent, de l'aider à se protéger… Le malaise du guet-apens m'envahit pendant qu'il me sourit avec toutes ses dents, de l'autre côté de la table.

Ce n'est pas la première fois que des tireurs s'en prennent à lui, loin de là. Il avait déjà fait installer deux caméras à l'entrée de sa maison après un épisode en janvier 2007 qui l'avait beaucoup troublé. Depuis des semaines, il se préparait à participer au rallye de Balagne.

Il avait ses habitudes, il partait tôt, en voiture, chaque matin, entre 6 heures et 7 heures, pour aller chercher son copilote et reconnaître le circuit, quand un jour, après son départ, le cantonnier du village a aperçu dans le champ devant sa maison des hommes habillés de noir, cagoulés, une arme longue à la main. À la vue du cantonnier, les hommes se sont volatilisés. Le cantonnier en a aussitôt parlé à Francis, lequel, pour ne pas l'alerter, lui a alors dit de ne pas s'inquiéter. Ce devait être la police. « La police, quand elle voit des gens, elle ne s'échappe pas », a rétorqué le vieux. À partir de là, Francis n'est plus sorti de chez lui pendant des semaines et n'a pas participé au rallye de Balagne.

Mais cette tentative d'assassinat dans sa Porsche, c'est cent fois pire. Sans doute parce que Francis avait l'habitude, le soir, de ramener sa petite-fille dans cette voiture et que la seule idée qu'elle ait pu y passer le rend fou. Sans doute aussi parce qu'il se sent de plus en plus menacé, à l'intérieur même de la Brise. Son conflit avec Richard Casanova, l'autre grand taulier du gang, couve à petit feu. Depuis la mort en 2006 du vieux parrain de la Corse-du-Sud, Jean-Jé Colonna, qui a laissé un grand vide sur la carte et dans les esprits, Francis est persuadé que Richard veut devenir le nouveau patron de la Corse, qu'il la joue de plus en plus cavalier seul, qu'il est en train de monter une équipe parallèle avec son beau-frère Jean-Luc Germani et tous ses acolytes du cercle de jeux Wagram, à Paris, qu'ils détiennent en sous-main. Alors Francis est sur le qui-vive.

Il me dit que, depuis une semaine, il mène son enquête. Il est allé interroger les gens du village, qui lui ont confirmé avoir vu passer un fourgon blanc à toute allure, ils en ont d'ailleurs relevé la plaque d'immatriculation. Francis a visionné et revisionné les images enregistrées par ses caméras, il en a fait plusieurs copies sur CD qu'il a envoyées à des gens qu'il connaît à la télévision pour savoir s'ils pouvaient les agrandir et il a appelé l'une de ses relations dans la police pour lui « demander » de se renseigner sur la plaque d'immatriculation.

Le fourgon du commando viendrait d'une menuiserie située vers Afa, à dix minutes au nord d'Ajaccio. « Il faut que tu m'emmènes voir ces gens », me dit-il, sur le ton de l'évidence.

Le nez dans mon assiette, je me demande bien ce que je pourrais répondre à part « oui ». J'essaie de faire taire en moi le tumulte de l'appréhension pendant qu'il enfonce le clou, les yeux braqués sur moi : « En ce moment, tu ne fais pas grand-chose, tu as arrêté ta boîte, et moi, il me faut quelqu'un pour assurer ma protection. » Ce soir-là, à l'auberge du Prunelli, Francis Mariani me fait une proposition que je ne peux pas refuser.

La plaque d'immatriculation est en fait une doublette. À la menuiserie, il y a bien un fourgon à ce numéro, mais, à l'évidence, il n'a rien à voir avec celui du commando, faussement immatriculé, qui a tiré sur sa voiture. Cette Porsche criblée de balles, Francis tient absolument à me la faire voir. Le lendemain du déjeuner, nous partons tous les deux à Borgo, dans une carrosserie appartenant à un ami de Pierre-Marie Santucci. C'est Pierre-Marie, en effet, qui s'est chargé d'aller chercher la Porsche avec un camion de remorquage et de la ramener là-bas sous une bâche pour la réparer à l'abri des regards. Pour ne pas ébruiter l'affaire, toujours.

Le carrossier a eu droit à une fable : Francis avait garé sa voiture sur le bord de la route et des chasseurs se sont amusés à tirer dessus... Mais la rumeur, elle, a déjà commencé à faire le tour du maquis : Francis Mariani a failli être tué. Dans le ciel corse, la question résonne comme un coup de tonnerre. Qui a pu oser s'en prendre à lui, l'un des fondateurs de la Brise ?

En arrivant à la carrosserie de Borgo, je fais le tour de la carcasse. Une passoire, qui n'a plus grand-chose à voir avec le bolide rutilant acheté à Luxautosport, une société du Luxembourg où il était immatriculé. Enfin, acheté, si on peut dire, car Francis n'avait pas déboursé un centime. La Porsche était en fait un « don » du patron de l'une des plus belles brasseries du port de Porto-Vecchio, un homme de paille de Richard Casanova, placé là pour la gérer, le baron de la Brise l'ayant récupérée alors qu'elle était en cessation de paiement. À la sortie de prison de Richard, le patron lui avait d'ailleurs réservé un emploi fictif dans « sa » brasserie, à 7 500 euros le mois.

Un jour, donc, le patron était en pleine discussion au comptoir de son bar quand un proche de Francis l'a entendu persifler sur la Brise, qui vieillissait. Le lendemain, Francis avait déboulé fou furieux pour lui asséner une baffe monumentale en aboyant : « Alors, comme ça, je me fais vieux ? » L'histoire a suscité quelques remous supplémentaires entre Francis et Richard. Et après coup, pour s'exonérer de ses commérages, le patron s'est vu obligé de rendre quelques services à Francis, et notamment de faire venir du Luxembourg cette fameuse Porsche, en cadeau. Sa mauvaise blague sur la Brise lui avait coûté la bagatelle de 200 000 euros.

Les mains dans les poches, Francis balance un coup de pied furieux dans le pneu de la Porsche. La voit-il comme le sombre présage de sa chute ? Cette fois, il a échappé d'un cheveu à la mort, mais la prochaine ? Son visage ne trahit rien, et pourtant, il ne pense plus qu'à assouvir son idée obsessionnelle de vengeance. C'est un homme en fuite et en guerre auquel j'ai emboîté le pas.

Sans vraiment m'en rendre compte, je suis entré dans un autre univers. Désormais, je vois Francis tous les jours. Je le rejoins pour un café, un trajet en voiture pour l'emmener à l'un de ses nombreux rendez-vous, un plateau de fruits de mer au restaurant où il paie une fois sur deux. Nous sommes toujours dehors, car il supporte mal, chez lui, les cris des trois jeunes enfants qu'il a eus avec sa nouvelle femme, Pascale.

Et chaque jour, j'en apprends un peu plus, chaque jour, je m'enfonce un peu plus. Je lui sers de chauffeur, de confident, je joue le rôle, illégal, de garde du corps, je me promène armé. Je fais partie de ce premier cercle d'hommes qui gravitent autour du noyau dur de la Brise, ces soldats qui peuvent servir d'hommes de main, de prête-noms, qui se lèvent à 5 heures du matin pour aller voir s'il n'y a pas de flics embusqués, qui ouvrent la route en voiture.

Je suis accueilli dans des endroits où je ne l'aurais jamais été. Partout où Francis passe, les visages se froissent d'angoisse ou de respect, les portes s'ouvrent sans qu'il ait même à le demander, j'écoute des histoires hallucinantes, j'ai l'impression de vivre dix vies en une, de surclasser en expérience le commun des mortels.

En un mot, je plane. Je tutoie, pour la première fois, un sentiment nouveau et inégalé de toute-puissance, qui me laisse à penser que je suis le serviteur d'un demi-dieu.

Je suis entré dans la vie de Mariani, il est entré dans la mienne. J'ai posé un pied sur le seuil du mythe. En clair, je suis mouillé jusqu'au cou, mais je suis encore loin d'avoir mesuré à quel point.

Ses deux caméras ne lui suffisent plus. Il fait installer chez lui des portes blindées avec des traverses de bois pour les barricader, en plus, et, tout autour de la maison, un système complet de vidéosurveillance avec des dômes motorisés à vision nocturne. Et puis, à l'instar des parrains italiens qui se calfeutrent dans des bunkers souterrains pour échapper à la vindicte de familles rivales, Francis s'est mis en tête de creuser un tunnel de cent mètres de long reliant son salon au fond du jardin. En Calabre, les policiers auscultent les murs et en sondent les aspérités pour chercher les mafieux. En Corse, pas encore.

Francis commande un chantier de 150 000 euros à une entreprise de travaux publics de la région qu'il connaît bien. Durant un mois, les pelles mécaniques excavent la terre de son jardin pendant que le village voit passer des semi-remorques chargés de buses en béton d'une tonne et demie. Aux gens qui s'interrogent, nous expliquons que l'on construit une conduite d'évacuation pour les eaux pluviales de la commune. Personne n'oserait de toute façon poser trop de questions. Question de culture…

Le résultat final est épatant. J'en siffle d'admiration. Cachée sous le meuble de la télévision, dans un angle du salon, une trappe que l'on actionne avec un système électrique et une télécommande ouvre sur un goulet où l'on entre en serrant les abdominaux. Pour descendre plus vite, Francis a tout prévu : à l'entrée du boyau, une planche à roulettes l'attend. Si quelqu'un débarque chez lui en pleine nuit, il pourra ainsi sauter dessus et dévaler la pente comme sur une piste de bobsleigh en s'accrochant à une corde fixée au plafond du tunnel, sur toute la longueur. Quand Francis me fait visiter son chemin sous terre, il sourit comme un gamin.

En parallèle, à l'air libre, il poursuit son enquête comme un acharné. Il m'a entraîné dans son tourbillon et, bientôt, je me retrouve au comptoir du bar de l'Hippodrome, à Bastia, au milieu de tous les piliers de la Brise de mer.

Ce soir-là, comme toutes les semaines, Francis a rendez-vous avec l'état-major du gang. Ils ont l'habitude de se réunir ici, à l'Hippodrome, ou bien chez Christian Leoni, à Moriani. Je me pince. Je viens de le déposer en face du bar, au rond-point de Casatorra, je suis garé là, à l'attendre dans sa nouvelle voiture blindée depuis dix minutes, quand je vois Pierre-Marie Santucci en sortir et frapper à ma vitre : « C'est toi qui t'occupes de notre ami, alors ne reste pas là, viens avec nous. »

Dans le bistrot, ils sont tous là, ou presque, assis autour du zinc. Je reconnais Christian Leoni, je l'ai croisé à Borgo où il était incarcéré pour un trafic de machines à sous. C'est lui qui s'en occupe pour la Brise, quand il ne gère pas son entreprise de rénovation de façades qui lui permet de capter tous les marchés de Bastia. À côté de lui, Maurice Costa, toujours aussi bien habillé, qui se fend d'une tape chaleureuse et se tourne vers Robert et Francis Guazzelli, deux autres poids lourds de la Brise, pour me présenter à eux. Le regard de Guazzelli, glacial, s'enfonce aussi sec dans ma rétine. Il me scrute de la tête aux pieds sans un mot. Robert, lui, se lisse le coin de la paupière et ne dit rien non plus. Maurice essaie de détendre l'atmosphère, comme toujours : « Ça va, il n'est pas trop pénible ? » dit-il, en parlant de Mariani. Un rire vite réprimé parcourt l'assemblée, ils connaissent le morceau.

Calme comme la surface d'un lac, Francis peut disjoncter en une fraction de seconde si quelque chose ne lui va pas. Je fais « non non » de la tête. Le contraire eût été un suicide. Je me fais servir un soda, comme tout le monde. Personne ne boit de l'alcool.

Au-dessus du bar, le poste de télévision, muet, rediffuse en boucle le quinté de l'après-midi. Dans le bistrot vide, il n'y a que le gérant – enfin, celui qui en fait office puisque le bar leur appartient –, qui sert à boire en faisant mine de ne rien entendre. Et la coupole de la Brise de mer.

Seuls manquent à l'appel Richard Casanova et Angelo Guazzelli.

Une certaine électricité flotte dans l'air. La discussion se focalise sur la tentative d'assassinat dont a été victime Francis. Ils se montrent tous solidaires. Il faut régler cette histoire, et vite. C'est sans doute la seule raison pour laquelle ils m'ont admis parmi eux aussi facilement, moi qui ai été « promu » garde du corps de Francis Mariani.

Deux ans plus tard, quand je me délivrerai de tout ce passé à Bruno Boudet, membre de l'Office central de lutte contre le crime organisé, celui-ci me regardera d'un air incrédule en me répétant : « Je ne comprends pas comment toi, le type arrivé de nulle part, tu as pu te retrouver là. »

Moi-même, ce soir-là, je me demande bien comment j'ai pu atterrir ici, parmi eux. Et pourtant.

Sitôt entré dans le bar, je me retrouve de nouveau dehors quelques minutes plus tard, sur le parking, mais avec toute la bande de la Brise. Francis leur a expliqué que, pour se protéger, il a acheté une BMW de série 3 blindée à la Guardia civile espagnole, *via* une connaissance italienne de Tony Patacchini qui avait des contacts dans la police, là-bas, et tout le monde a voulu voir le monstre, truffé d'électronique. Équipé d'un système de micros et de haut-parleurs, le véhicule permet de parler à quelqu'un au-dehors sans avoir à baisser la vitre. Francis n'est pas peu fier de montrer l'engin, mais, sous des dehors tranquilles, je le sens très nerveux. De plus en plus.

Revenu dans le bar, il observe chacun de ses amis assis en face de nous. Et voilà qu'il dégoupille froidement. « Le truc qui est bizarre, c'est qu'à chaque fois, les coups de fusil, c'est moi qui les prends et personne d'autre. » On se croirait descendu au fond des abysses tellement le silence qui accueille ses mots est profond. Maurice ne dit rien, pas plus que Christian, Robert et Pierre-Marie. Francis Guazzelli est le seul à répondre : « Tu n'as quand même pas le doute sur nous ? » Francis, les yeux comme des meurtrières : « Sur vous, non, mais sur d'autres, oui. » Je me tasse sur ma chaise. Le silence s'épaissit. Tout le monde semble avoir compris.

La Brise se prépare à une terrible guerre, une guerre intestine, qui est en train de se déclarer, en son cœur.

Quelques jours plus tôt, alors que nous étions en voiture et que nous discutions de choses et d'autres, Francis s'était brutalement assombri : « Qu'est-ce que tu penses de mes amis ? » Il parlait de la Brise. Moi, sentant venir l'orage, j'avais botté en touche : « Je n'ai pas à penser quoi que ce soit de tes amis. »

Il montait en pression depuis des jours, dévoré d'une haine féroce. Francis était persuadé de tenir le coupable de sa tentative d'assassinat et il ne cessait de m'en répéter le nom, bien connu de toute la Corse et au-delà. Un homme lié à l'un de ses partenaires de la Brise : Jean-Luc Germani, le beau-frère de Richard Casanova. En personne.

Germani, il l'avait dans le collimateur depuis des années, notamment depuis une tentative d'assassinat dont il avait fait l'objet au début des années 2000. Un homme était même mort pour rien... Ce jour-là, Francis avait pris un coup de carabine dans l'épaule alors qu'il circulait à moto. Or, quelques minutes auparavant, il avait croisé sur le bord de la route une Peugeot 306 avec, dedans, un homme au téléphone. Il s'était convaincu que ce type, qui s'est avéré être un boulanger de la région de Corte, avait donné le « top départ » au tireur, alors qu'il était juste arrêté parce que le téléphone ne passait ni avant ni après ! Francis était retourné lui trouer la peau peu de temps après, alors que le pauvre faisait sa tournée de pain...

En fait, le jour où Francis s'est fait tirer dessus, il avait rendez-vous en Balagne avec Richard Casanova et Pierre-Marie Santucci. Un rendez-vous auquel Jean-Luc Germani était aussi présent. Seules trois personnes étaient au courant de son trajet et connaissaient sa moto, sa tenue vestimentaire et son casque. Comme Francis n'avait aucun doute sur Pierre-Marie, sa suspicion s'est logiquement portée sur Jean-Luc...

Et voilà que, en cette fin d'année 2007, elle se réactive furieusement. En ciblant son ressentiment sur le beau-frère de Richard Casanova, Francis se rapproche ainsi dangereusement du danger. Depuis des années, il se méfie et s'éloigne de Richard, l'autre grande pointure de la Brise, celui qu'il soupçonne de vouloir le pouvoir pour lui seul, celui qui fait de l'ombre à ses propres desseins, mais cet ultime épisode semble littéralement faire exploser la haine qu'il lui voue. Et ce « menteur » de Casanova, qui, lors d'une précédente réunion de la Brise à laquelle je n'ai pas assisté, a eu le malheur de désigner un autre coupable dans la tentative contre la Porsche ! Il a exhumé une vieille histoire, il a parlé de Jean Marcelli qui aurait voulu venger son fils.

L'épisode remonte aux heures les plus sanglantes de la lutte à mort que se sont livrée la Brise et Armata Corsa, le mouvement clandestin dissident du FLNC. En 2001, Jean-Christophe Marcelli et son cousin avaient été retrouvés calcinés dans le coffre d'une voiture à Moriani-Plage, au sud de Bastia. Jacques Mariani, le fils de Francis, qui avait déjà passé vingt ans de sa vie en prison, et Joseph Menconi, un braqueur qui accompagnait de temps en temps la Brise, étaient poursuivis pour ce double assassinat. Le jour du procès, délocalisé à Créteil, l'avocat général avait lancé ce conseil aux jurés : « Un crime effrayant de cette nature, une mort annoncée, programmée, exécutée avec froideur, détermination et savoir-faire, est fatalement sanctionné par trente années de prison. »

Puis il s'était rassis sans avoir réclamé la moindre peine, à la stupeur générale ! À la suite de ça, Jacques et son compère avaient été acquittés.

La justice a parfois ses raisons que la raison ne connaît pas, mais, celle-là, Francis la connaissait. Avant le procès, il avait fait jouer ses nombreuses relations jusqu'à faire valoir auprès de l'avocat général les failles du dossier.

Pour Richard Casanova, si quelqu'un pouvait donc avoir envie de tuer Francis Mariani et son fils pour se faire justice lui-même, c'était bien Jean Marcelli. Et certainement pas son beau-frère Germani…

« Et on veut me faire croire que ça vient des Marcelli ! Oui, c'est ça, c'est ça… » Combien de fois j'ai entendu Francis marmonner cette phrase comme un illuminé, énervé, se retranchant soudain d'une discussion.

Ce jour-là, dans le bar de l'Hippodrome, c'est ainsi qu'il a fini la réunion avec ses amis de la Brise. Ils n'ont rien répondu. Ils savaient, de toute façon, qu'il ne lâcherait jamais le morceau. À la différence de Francis, Robert, Francis Guazzelli et ses frères, Maurice Costa ou Richard Casanova étaient tous devenus des notables gérant leurs affaires sur leur réputation de terreurs de l'île. Francis, lui, était le seul qui était resté les mains et le calibre dans le cambouis, assoiffé de vengeance et de pouvoir. Sur la route de Richard.

Une fois de plus, Maurice a joué l'arbitre de conciliation en proposant d'aller manger un morceau dehors. Francis a refusé parce qu'il se faisait tard et que nous devions encore redescendre vers Ajaccio, à plus d'une heure de route, pour aller dormir chez Tony Patacchini. Après sa tentative d'assassinat, Francis avait déserté sa maison de Sant'Andréa-di-Cotone et avait trouvé refuge chez l'ami Tony. Ces deux-là, ils ne s'étaient plus quittés depuis leur coup de foudre amical vingt ans plus tôt, au bar de la discothèque Le Palm Beach, à Ajaccio.

Un an plus tard, cela n'empêchera pas Francis d'avoir envie de faire assassiner Tony, l'accusant de lui avoir « mangé » 600 000 euros. Je le sais de source sûre puisque c'est à moi qu'il a demandé d'amener son ami de vingt ans au peloton d'exécution, au col de Bocognano.

En attendant, j'entends parler de Jean-Luc Germani jour et nuit. Moi, dans mon for intérieur, je doute que ce soit lui. Si Germani, tireur hors pair, avait voulu tuer Francis, il serait mort. Mais Francis, enferré dans sa certitude, s'est lancé dans une véritable traque à l'information qui nous mène d'un bout à l'autre de la Corse, sur toutes les pistes possibles et imaginables. Un moment, Francis suspecte même la redoutable équipe des Federici, connus sous le nom des « bergers braqueurs de Venzolasca », les seuls, alors, auxquels la Brise n'a pas osé s'attaquer dans le nord. Francis sait Germani proche d'eux et il est obnubilé par une chose : il veut savoir si, dans la famille, Toussaint Federici a donné son aval à sa tentative d'assassinat. Parce que c'est Toussaint le patron, le plus dangereux, et aussi l'ami de son fils Jacques.

Alors, il interroge à droite à gauche. Il convoque à tout bout de champ Christian Leoni, le mieux renseigné de la Brise de mer, celui qui voit tout, qui sait tout. L'œil de Moscou. Jean-Luc Germani a fait une apparition quelque part, Christian est au courant une fois sur deux. Et moi, j'organise les rendez-vous entre lui et Francis.

Souvent sur un bord de route ou une plage entre Moriani et Alistro. Jamais au même endroit, loin des habitations et des regards. Francis, qui fixe toujours le lieu, connaît mieux la cartographie de l'île que quiconque, et notamment les flics. Du rond-point de Borgo, en Haute-Corse, jusqu'à Ghisonaccia, en plaine orientale, il peut ne jamais emprunter la nationale, mais rouler, tout du long, sur d'anciens chemins de fer ou des pistes de terre.

Souvent, il m'amène lui-même sur le lieu qu'il a choisi : « On va faire ça ici. » Et moi, je file juste après chercher Christian pour l'amener à la convocation une heure plus tard. Je passe le voir chez lui ou à son bar. Je lui dis : « Il veut te voir. » Christian arrête tout séance tenante. Et c'est comme ça du matin au soir.

Il s'est écoulé plus d'un mois depuis sa tentative d'assassinat. Rien, aucune information n'est encore remontée et je côtoie, tous les jours, une pelote de nerfs. Pour Francis, j'ai mis ma vie de famille entre parenthèses, à la maison, je déserte les repas du matin, du midi, du soir. Je vis un grand écart de plus en plus difficilement tenable.

Ma femme, je la connais depuis l'enfance, mais nous avons vraiment noué une relation en 2004, quand je suis sorti de détention. Elle savait alors tout de ma vie, elle savait que j'étais passé par la prison et elle m'a donné sa confiance, malgré tout, me voyant me remettre sur les rails avec mon entreprise de construction et mener, à nouveau, une vie de travailleur. Elle-même est directrice commerciale, notre première fille est née en 2006.

J'étais en rendez-vous au Palm Beach avec Francis, Tony Patacchini et deux élus d'Ajaccio quand ma femme m'a appelé. Elle était en train d'accoucher de notre deuxième fille. Le rendez-vous durait depuis trois heures, Francis voulait essayer de trouver, avec l'aide des élus, un arrangement quant à son procès qui allait bientôt s'ouvrir à Aix, dans lequel lui et son fils comparaissaient pour l'assassinat d'un jeune nationaliste. Je les ai alors plantés pour filer à l'hôpital. Je suis resté la nuit, j'ai regardé ma petite et ma femme avec le bonheur d'un homme neuf et j'ai dû repartir le lendemain à mes sombres affaires...

Nous avions repris la vie banale et heureuse de tout le monde et voilà que, de nouveau, je faisais un grand retour arrière, passant mon temps à excuser mes absences incessantes, évoquant des amitiés, des gens que je devais aider… Mais ma femme était bien loin de s'imaginer que, depuis un mois, j'étais lancé dans une chasse à l'homme aux côtés de l'un des chefs de la Brise de mer. Un voyage dont on ne revient pas.

L'ai-je compris ce soir-là, quand Francis m'a fait une confidence à glacer le sang, autour d'un verre ? Même pas sûr…

Nous sommes tous les deux dans l'appartement de Tony Patacchini, à Ajaccio, nous discutons tranquillement, assis sur un canapé. Dehors, le ronronnement des moteurs, le bruit assourdi de la vie qui bat le trottoir, tous ces gens dans les clous d'une vie normale et Francis qui me raconte, là, tout à coup : « Tu sais, Stéphane Pietronave, l'ancien footballeur professionnel qui avait porté les joueurs du SC Bastia et qui a été tué à la sortie du stade de Biguglia… – Oui, j'ai lu dans les journaux. » Il y a quelques jours, le 21 novembre 2007, deux tireurs ont abattu Pietronave comme un lapin, de plusieurs balles de gros calibre, alors qu'il regagnait sa voiture après un match.

« C'est moi qui l'ai fait tuer », me lâche Francis en vidant son verre. Parce que Pietronave a eu, par le passé, des conflits en affaires avec son fils Jacques. Je ne dis rien, un peu sonné, surtout quand Francis me raconte la suite. Ce soir-là, il ne pouvait pas à être à Biguglia, lui, vu qu'il était dans l'avion pour Marseille. Il s'était monté un alibi de toutes pièces au cas où… Francis avait tout prévu, tout programmé. La mort de cet homme. Et sa protection.

Je suis au service d'un grand tueur qui me donne son amitié et à qui je dois de l'argent. Ça s'appelle une impasse. D'autant que, depuis peu, j'ai encore franchi un grand pas dans l'illégalité. Ce fameux soir à l'auberge du Prunelli, Francis m'a demandé de l'aider à trouver des armes, pour le protéger. « Des armes lourdes, dernière génération. Tu connais quelqu'un, toi, qui en aurais ? » J'ai répondu la vérité. J'en connais, oui. J'ai toujours gardé quelques contacts avec David, l'un de mes comparses du vol avec séquestration qui m'a valu la prison en 2000, un peu comme on conserve une relation de loin en loin avec un ancien correspondant ou un pote de lycée. David, lui, n'a pas cherché à revenir en CDI ni même en CDD, il est resté en « activité », il fait le coup de feu dans la guerre pour le contrôle d'Ajaccio et il a conservé un bon carnet d'adresses dans les Balkans.

Francis avait 25 000 euros à mettre. Je suis donc allé voir David et lui ai demandé un lot d'armes de poing et d'armes longues pour 25 000 euros.

Quelques jours plus tard, David m'a appelé, il avait tout. Le lendemain, je suis parti avec Francis et Tony Patacchini récupérer les armes dans une résidence de Porticcio, où David louait un appartement pour ses affaires. Là, tout un arsenal nous attendait sur la table : un M16 tactical de calibre 223, un fusil de sniper de marque SIG, deux Glock 19 de calibre 9, un Glock 26 de calibre 9, un fusil de marque Benelli de calibre 12, un HK tactical de calibre 45. « Je t'ai fait un bon prix », m'a précisé David.

Nous avons fourré tout le chargement dans deux sacs de sport pour le transporter, dans la voiture blindée, jusqu'à l'appartement de Tony situé à Ajaccio, à 25 mètres du commissariat et à 30 mètres de la préfecture. Nous sommes passés devant avec les deux sacs de sport bourrés d'armes. Ces armes, elles n'ont pas servi qu'à protéger Francis.

Quelques mois plus tard, le fusil d'assaut a servi à tuer Richard Casanova.

Au cœur de la Brise

Donc, j'en suis. Moi, Claude Chossat, l'enfant de Cuttoli, le petit truand d'Ajaccio, le « demi-sel » de la voyoucratie corse comme je le lirai plus tard dans les journaux, je viens d'entrer, comme par effraction, dans le saint des saints de la Brise de mer. Difficile de rêver plus extraordinaire ascension sociale, sous la tutelle, qui plus est, de Francis Mariani. Je suis alors, je dois bien l'avouer, comme électrisé, le cœur gonflé d'une fierté jamais ressentie. Tu entends parler d'une poignée de types qui font la pluie et le beau temps en Corse, qui empoisonnent la vie des flics depuis vingt ans, qui vont de casses en braquages tous plus énormes les uns que les autres, jusqu'au plus gros coup du siècle de l'UBS, en passant par le vol en plein ciel de l'argent de la Banque de France. Tu ne les connais que de lointaine réputation. Et puis, un jour, sans y avoir jamais pensé, tu intègres ce conclave secret.

Toutes les semaines, me voilà désormais assis sur un strapontin à côté des grands parrains, admis dans les réunions de la Brise, à écouter des paroles distillées sur un ton murmuré par ce petit cercle d'hommes que rien ni personne n'effraie, qui se sont octroyé le droit de vie et de mort sur tous les autres. J'ai pénétré dans le huis clos où se prennent les décisions de l'ombre, où s'exerce la violence du pouvoir souterrain, celui de la mafia.

Aucun rendez-vous n'est jamais écrit à l'avance, aucun mot jamais prononcé au téléphone. Francis Mariani, les Guazzelli et les autres ne tiennent évidemment aucun agenda. Au dernier moment, Christian Leoni appelle : « Vous venez à la maison ? » Et c'est là que cela se passe, la plupart du temps, dans sa propriété hyper-sécurisée de Moriani-Plage dont les murs d'enceinte se referment sur nous comme des remparts, équipés de caméras tournant H24.

Nous arrivons les uns après les autres, nous nous asseyons en demi-cercle, face à la mer, dans les canapés en cuir du salon où un écran géant retransmet en direct toutes les images de vidéosurveillance, comme dans une salle de commandement. Christian nous sert un pastis, Francis allume son cigare, moi, je regarde le tapis et la discussion s'enclenche.

En cette fin d'année 2007, elle démarre inévitablement sur l'enquête en cours de Francis. Quelqu'un a-t-il vu

Jean-Luc Germani ? Francis est de plus en plus tendu. Il monte vite en pression, apostrophe tout le monde : « Je suis le seul à bouger, ici ! Donnez-moi au moins un coup de main en vous renseignant, sinon je ne vais pas m'en sortir. »

Et de s'adresser aux piliers de la Brise comme à une bande de retraités : « Vous êtes tous grippés ou quoi ? La prochaine fois, je vais dans un garage acheter du WD-40 et je vous en ramène pour vous en passer dessus. » Le WD-40 est une huile que l'on met dans les circuits électriques pour prévenir la corrosion. Bien souvent, Francis ne dit d'ailleurs pas WD-40, mais « MP-40 », du nom du pistolet-mitrailleur.

Autour de lui, ses amis ne lèvent pas un cil ou font mine de soupirer dans une immobilité quasi minérale. Ils connaissent la violence à fleur de peau de Francis. Surtout, elle en a vu d'autres, cette équipe soudée par des secrets connus d'elle seule.

Je vais tous les côtoyer, les membres de ce noyau dur dont la composition est censée rester aussi secrète que le contenu d'un coffre-fort. Je les verrai régulièrement, sauf Angelo Guazzelli et Richard Casanova, que je ne croiserai jamais, jusqu'au jour de sa mort. Lui et Francis se voient en dehors de ces réunions, une ou deux fois par mois, pour discuter de certaines choses, mais je n'y suis pas.

Des quatre frères Guazzelli, j'apprends à connaître Francis. Trois poids lourds de la Brise, trois frères fichés au grand banditisme. Le dernier de la fratrie, Jean-Claude, a pris un autre chemin. Directeur du Crédit agricole de Corse, il a ensuite fait une belle carrière en politique. Fils d'institutrice, les Guazzelli n'avaient pourtant pas d'atavisme les prédestinant à la voyoucratie. La plupart de ces jeunes qui ont commencé à écrire leur histoire au comptoir de la Brise de mer, quai de la Marine, sur le vieux port de Bastia, étaient des fils de bonne famille.

Chez les Guazzelli, le seul à avoir un curriculum judiciaire, c'est Angelo. Francis, lui, n'a jamais été condamné avant d'être assassiné, en 2009. Il est pourtant la meilleure gâchette de la Brise… Un charisme, Francis, des yeux très bleus, aigus, qui t'épient en permanence. Mais depuis notre première rencontre, glaciale, l'ambiance s'est réchauffée. Nous avons sympathisé à travers la chasse, tous les deux, notre passion commune. Il a fait venir d'Italie des chiens courants de grande race, 10 000 euros par tête, il leur a aménagé des chenils en pierre avec chauffage intégré pour l'hiver.

Quand Francis Guazzelli fait les choses, il les fait bien. Sa maison du fief familial de La Porta, un nid d'aigle tutoyant les nuages au milieu de la Castagniccia, le pays des châtaigniers, doit bien avoisiner les 400 m^2, dans un style hollywoodien. À la sortie du village, son frère

Angelo a fait bâtir une aire d'atterrissage pour hélicoptère. Francis Mariani a son brevet et, de temps en temps, il emmène faire un tour dans les airs ses copains Angelo et Pierre-Marie, qui reviennent avec le sourire au coin de l'œil.

Moi, je n'en suis pas encore là, mais je vois que, peu à peu, j'ai gagné mes galons d'homme de confiance. Un signe qui ne trompe pas : quand il arrive, Francis Guazelli me tape la main sur l'épaule, au point même que Francis en prend un peu ombrage : « Francis, pour qu'il fasse ça, c'est qu'il t'aime bien. Mais de quoi vous discutez à chaque fois ? »

Nous nous voyons une ou deux fois par semaine. Chaque fois que nous avons rendez-vous avec Christian Leoni, Francis Guazzelli est là. Car, dans la Brise, ils « travaillent » tous en binôme, et Francis, c'est celui qui chapeaute Christian. Robert Moracchini, lui, est avec Pierre-Marie Santucci. Quant à Francis Mariani, il a longtemps été avec Angelo Guazzelli, avant que Richard ne « récupère » ce dernier, pendant une incarcération de Francis. Ça aussi, Francis l'avait en travers de la gorge.

Le plus discret de la bande, le moins présent aux réunions chez Christian, c'est Robert, l'un des rares à être encore en vie, aujourd'hui. À la différence des autres, il ne dépend pas que de la Brise, il a investi de son côté dans des cliniques, des établissements de soins, il vit un peu sa vie, même s'il est toujours là aux grosses réunions du bar de l'Hippodrome et aux convocations de Christian pour les remises d'enveloppes. Celles-là, personne ne les rate, à moins d'être en prison.

Il est là, l'un des secrets les mieux gardés de la Brise, dans ses caisses noires, dans les affaires et ce qu'elles rapportent à chacun. La mafia n'a jamais supporté que l'on s'attaque à son patrimoine, et la Brise pas plus que d'autres clans. Lui couper ses vivres, c'est l'assécher, la déposséder de ce qui, avec le pouvoir, la nourrit, la fait grossir, entretient le mythe.

À l'origine, tout est parti de la fortune colossale que le gang a accumulée au fil des années, avec les braquages puis la prise de contrôle des établissements de nuit et des machines à sous. Pendant que l'État se focalisait sur la lutte contre les nationalistes et n'a rien vu – ou rien voulu voir venir –, la Brise, elle, comptait les billets. Cet argent sale, devenu le socle de son pouvoir, il a bien fallu ensuite le recycler, le réinvestir dans le circuit légal. La Brise était devenue une véritable machine de guerre à blanchir de l'argent.

Dans ces réunions auxquelles j'assiste, en cette fin d'année 2007, la discussion dérive toujours sur les

« dossiers en cours », les visées immobilières de la Brise, les calculs des uns et des autres : un projet de villas de luxe pour milliardaires sur la baie imprenable de la Rondinara, dans le Sud, entre Bonifacio et Porto-Vecchio ; le rachat du golf entre Bonifacio et Porto-Vecchio pour y construire un autre complexe pour VIP…

La règle, écrite par eux, est très claire : dès qu'un immeuble sort de terre en Haute-Corse, en plaine orientale et dans l'Extrême-Sud, ils sont dessus. Dès qu'une opportunité se présente – ouverture d'un commerce, liquidation judiciaire –, la Brise est au courant et ses proches rendent visite au repreneur pour lui imposer un intermédiaire, ainsi qu'une « association » ou une « participation » aux bénéfices, lesquels peuvent se faire *via* une entrée au capital ou le choix forcé de fournisseurs sous influence. Le repreneur ne rechigne en général pas beaucoup.

Cette façon de procéder n'est d'ailleurs pas l'exclusivité de la Brise. De manière générale, il est, à l'époque, impossible de détenir « seul » une affaire qui rapporte un peu, que ce soit dans le nord ou le sud de la Corse.

Comment avoir connaissance des projets en cours ? Rien de plus facile. La Brise a des oreilles aux quatre coins de la Corse. Francis, lui-même, se donne, multiplie les rendez-vous avec notaires et promoteurs immobiliers. Je me rends directement à leur office ou à leur domicile pour leur fixer rendez-vous. Un notaire de Porto-Vecchio nous renseigne ainsi sur le projet de la Rondinara et sur Porto-Vecchio. Chez lui, autour d'un *figatellu* dans son appartement pas loin de la gendarmerie, ou bien chez Dédé Canonici, un restaurant de Porto-Vecchio, il nous explique comment les choses tournent à la mairie, si un changement de PLU est prévu, si on peut espérer, ou non, un certificat d'urbanisme.

Quant aux grands groupes de BTP de l'île, ils mangent tous dans la main de la Brise, qui traite directement avec les patrons. Ces derniers savent que tous les projets immobiliers qu'ils monteront auront la « protection » de la Brise de mer. Ce qui signifie que personne ne viendra mettre une bombe ou nuire au bon déroulement du projet. En contrepartie, un pourcentage de 10 à 30 % sera reversé, en cash, bien évidemment, que l'entreprise sortira du néant grâce à une habile surfacturation sur les travaux et les ventes.

À l'époque dont je parle, la Brise est ainsi la propriétaire d'un véritable empire immobilier sur l'île. À Bastia, elle détient toute la ville ou presque, de l'hôtel Ostella, le plus chic de l'agglomération, à l'hippodrome, en passant par le café Riche, le PMU le Social, pléthore de magasins de prêt-à-porter, de restaurants et de centres commerciaux, tels Leclerc et Casino.

À Porto-Vecchio, la Brise a plusieurs brasseries, elle a investi sur le port, elle détient la société de promenade en mer de José Demasi. À Sartène, elle – enfin, Richard Casanova – possède le paradisiaque domaine de Murtoli, où tout le gotha se bouscule chaque été, aujourd'hui, pour louer des bergeries de luxe, de Nicolas Sarkozy à Bernard Squarcini en passant par Christine Lagarde, Ramzy Khiroun, l'influent conseiller de Lagardère, ou nombre de stars de cinéma et des médias. Dix kilomètres de littoral à la blancheur immaculée, 2 500 hectares vallonnés, un golf, des pistes de terre, des eaux turquoise.

Sur ce coup-là, il faut avouer que Richard a eu une idée de génie. C'est Francis qui m'a raconté que, au départ, Murtoli, ce sont quatre pauvres bâtisses sur un terrain en friche. Mais, en ce début des années 1990, Richard est obnubilé par le potentiel du site et il se met en tête d'en faire un complexe de luxe avec son ami et gérant actuel Paul Canarelli.

Que fait-il, alors ? Il ramasse des pierres, les dispose au sol en forme de rectangle sur une surface équivalente à celle d'un studio, puis il monte à la mairie la plus proche : « On a découvert d'anciennes ruines de bergeries. » La mairie fait constater par huissier, le cadastre se déplace et Richard monte des dossiers de rénovation de bergerie en mettant les fonds de départ. À Murtoli, il n'y a jamais eu aucune demande de permis de construire. Il fallait y penser.

Aujourd'hui, le site connaît malgré tout quelques soucis judiciaires. Une enquête financière a été ouverte en août 2015 à la suite de trois virements d'un million d'euros ayant transité par des comptes au Luxembourg. Mais, à l'époque où Richard est encore en vie, personne dans la police ne se préoccupe de savoir qui est le propriétaire du domaine de Murtoli. La question, ils oublient de se la poser.

La Brise ne s'en tient pas là, elle distribue encore du café dans toute la Corse, elle possède des bars PMU en pagaille, non pour la passion du turf, mais pour racheter des tickets gagnants. La combine : quand un turfiste gagne 10 000 euros au quinté, il reçoit aussitôt la visite d'un homme de la Brise qui lui propose 12 500 euros en espèces en échange de son ticket, ce qui sert à blanchir des fonds, tandis que personne ne s'étonne que Mariani ou les frères Guazzelli soient décidément des as du quinté.

À Aix-en-Provence, la Brise est aussi très présente, elle détient plusieurs discothèques… Et puis elle voit loin, bien au-delà des frontières de la France : à une époque, dans les années 1990, Francis s'est déplacé en Russie dans l'idée d'aller y implanter une banque privée. Mais l'homme de l'international, dans la Brise, c'est surtout Richard, qui voyage beaucoup. En Espagne, il va parler de la Pefaco, un groupe qui exploite des machines à sous un peu partout dans le monde ; en Afrique, il entretient des relations avec un puissant homme d'affaires corse, implanté au Gabon, qui a bâti une fortune colossale dans les casinos et les PMU africains et que la justice présente souvent comme le « parrain des parrains », ce dont il se défend.

Richard a plusieurs affaires avec lui, il lui a même « prêté », pour le compte de la Brise, 4 millions d'euros, que l'homme était censé réinvestir dans les jeux et que la Brise devait récupérer blanchis, avec les dividendes.

Mais cet argent, elle ne l'a jamais revu et le passif de cette « dette » a aussi largement contribué à alimenter la rancœur de Francis à l'encontre de Richard.

Le comptable de la Brise de mer, celui qui tient les comptes de tout cet empire et divise les bénéfices à parts égales, après en avoir mis une partie de côté pour les « investissements » à venir, c'est Paul-Louis. C'est lui, l'homme-orchestre qui fait valser les billets et qui les donne à Christian Leoni, chargé ensuite de les redistribuer à toute la bande, toujours en cash, de la main à la main, dans une grosse enveloppe kraft, au bar de l'Hippodrome ou bien chez lui.

En général, cela se fait comme pour tout salaire qui tombe, une fois par mois ou tous les quinze jours, et la plus grande discrétion entoure chacune de ces rencontres, car beaucoup, beaucoup d'argent circule, et pas seulement en provenance de l'île. La poule aux œufs d'or, elle est à Paris, au Wagram et à l'Eldo, ces cercles de jeux gérés en sous-main par la Brise jusqu'à ce que la justice n'y mette son nez, en 2011.

Ce sont des sommes astronomiques qui descendent tous les mois par avion de la capitale, *via* d'insoupçonnables émissaires en col blanc : entre 1 million et 2 millions d'euros.

Un propriétaire de magasins en Corse, surnommé Doumé, est l'un de ces convoyeurs de fonds de la Brise, à l'instar d'un maire d'un village de Haute-Corse, qui a son brevet d'aviation et fait souvent le voyage entre Paris et la Corse dans un petit avion privé. Je ne sais pas ce qu'ils y gagnent exactement, mais, un jour, l'un deux a dû sentir le vent souffler fort dans ses oreilles, car il avait commis la maladresse de se vanter un peu trop imprudemment de transporter des fonds pour la Brise et je me souviens encore de la colère rouge sang piquée par Francis, en réunion, contre lui : « Vous vous rendez compte ? Il y a des gens qui savent que c'est Jean et Doumé qui transportent l'argent ! Un jour, on va se faire braquer ! »

Quelque 50 000 à 100 000 euros. C'est le salaire mensuel de chacun, selon les rentrées. Sans impôts et parfois plus, quand s'ajoute le bénéfice d'un projet immobilier.

Après avoir vu Christian, chacun repart avec ses grosses coupures. Francis en donne toujours une partie à sa famille, à sa femme, à son ex-femme. Il garde aussi de l'argent de poche. Sur lui, il a toujours 15 000 ou 20 000 euros dans la pochette intérieure de sa veste. Ne connaissant ni compte bancaire ni Carte bleue, il paie tout en espèces, avec des billets de 500 euros. Tony Patacchini, son homme de confiance, conserve aussi pas mal d'argent pour lui.

À la sortie de prison de Francis en 2006, Paul-Louis avait apporté à ce dernier la somme qu'il avait mise de côté pour lui, pendant sa détention. Il y en avait pour une fortune, 600 000 euros, rangés dans une boîte à chaussures, que Francis avait alors confiés à Tony. Et ce Tony a eu la mauvaise idée de ne pas les lui rendre…

« *Ci vole à cacciàlu* [Il faut l'enlever] ! » Dans ces réunions de la Brise, je les entends la murmurer quelquefois, cette phrase définitive. On peut y débattre de la vie et de la mort d'un homme comme ça, la soupeser en termes pragmatiques, utilitaires. Tel agent immobilier est devenu trop gênant, à Porto-Vecchio, car il concurrence les intérêts de la Brise, tel autre énerve tout le monde…

Il est clair que la vie d'un homme ne pèse plus rien quand ceux-là se réunissent sans exception et décident, à l'unanimité : « *Ci vole à caccìàlu !* »

Si tout le monde ne participe pas forcément à toutes les réunions, quand il s'agit de décider d'un assassinat, ils sont tous là, et il n'y a alors aucune oreille extérieure. Je n'ai donc jamais assisté à la prise de décision finale, sauf s'agissant de Jean-Luc Germani, après la mort de Richard, mais j'en reparlerai.

Durant ces quelques mois d'immersion au sein de la Brise, je découvre le fonctionnement intime de cette fédération du crime qui, si elle réunit certaines fratries comme celles des Guazzelli ou des Santucci, est avant tout composée d'individus sans attaches familiales et prend donc ses décisions de manière collégiale. Avec eux, la règle de la majorité n'existe pas, car le fondement, c'est que le noyau dur doit le rester, à tout prix. Solidaires, unis, ligués contre tout et tous.

Ainsi, si chaque membre de la Brise a le droit d'entretenir, de son côté, une petite cour de « partisans » et de petites mains, il les prend lui-même en charge et en aucun cas cela ne doit nuire à l'esprit d'équipe. En tant que serviteur de Francis, je suis payé par lui – 3 000 à 4 000 euros par mois – et non par le groupe. L'argent de la Brise reste l'argent de la Brise, point final.

Sur le « terrain d'opération », c'est la même philosophie, si l'on peut dire. Si la Brise peut s'allier à d'autres clans, l'association restera ponctuelle. En résumé, il est hors de question que quiconque intègre le cercle très fermé des tauliers, même en cas de décès de l'un d'eux. Si, par malheur, cela arrive, la règle est simple : pas d'héritier. La part du défunt est redistribuée entre les membres restants et 2 000 euros sont alloués chaque mois à son épouse, en guise de pension.

Pas d'héritier. Comme si ces grands ducs, qui ont fait régner la terreur sur l'île et ont changé toutes les règles du grand banditisme corse, très loin de l'image de « bienfaiteurs » que pouvaient avoir les anciens comme les Guérini ou les Mondoloni, pensaient que personne ne pourrait leur succéder.

Comme s'ils savaient que, bientôt, le monstre qu'ils ont engendré se bouffera de l'intérieur, tout seul, au terme d'une guerre fratricide qui se prépare aussi lentement que sûrement. Trop d'argent, trop d'appétit, trop de cadavres, trop de conflits d'intérêts.

Au fil des années, plusieurs des braqueurs, souvent des fratries, qui avaient fait partie du premier cercle sont déjà partis, préférant se retirer des guerres de territoire déclenchées par la Brise. Quand ils étaient encore là, il n'y avait pas d'extorsion sur l'île, pas de mise à l'amende systématique, la Corse était un sanctuaire et on s'expatriait pour « travailler ». C'est la Brise qui a mis l'île au pas.

À un moment, la petite bande des Mariani, des Santucci, des Costa et des autres a décidé que le monde de la nuit lui appartenait, que les discothèques et les bars, c'étaient eux, les machines à sous, c'étaient eux, la promotion immobilière, c'étaient eux. Et si quelqu'un n'était pas d'accord, il prenait un coup de fusil.

En un mot, la terreur, c'était eux.

Tout ne pouvait se finir que dans un bain de sang.

Au moment où je débarque dans ce décor, je sens bien que le beau sentiment d'unité qui a fait la force de la Brise s'est déjà effrité. En surface, ce sont des riens, des petites vagues, d'infimes tensions qui affleurent, çà et là. Par exemple, des femmes, jusqu'ici toujours tenues à l'écart des affaires, qui s'invitent dans les discussions. Pascale, la nouvelle femme de Francis, qui se comporte comme si elle était la marraine de la Brise, fait savoir qu'elle déteste Angelo et Pierre-Marie, qui le lui rendent bien. Jamais les femmes de Pierre-Marie Santucci ou de Francis Guazzelli ne seraient ainsi entrées dans l'intimité de la Brise. Elles s'arrêtaient au seuil de l'interdit…

Mais il y a d'autres signes, plus évidents encore. Depuis un moment, en fait depuis la tentative d'assassinat contre Francis, ni Richard, ni Angelo, qui lui est très proche, ne sont plus conviés aux réunions hebdomadaires. L'un des enjeux des discussions étant le beau-frère de Richard, Jean-Luc Germani, elles se tiennent dans leur dos...

La Brise est assise sur une marmite qui bout à feu doux, même si sa puissance, elle, est encore à son sommet, et son carnet d'adresses, aussi épais qu'un bottin mondain, ne désemplit pas.

Le nombre de ses alliés de tous ordres, restaurateurs, commerçants, hôteliers, garagistes, policiers ou honorables élus, est incalculable. Tous prêts à rendre service, au nom de l'amitié à la Corse. La Brise a besoin d'une voiture ? Europcar est son supermarché. Un appel d'offres pour un marché public est annoncé ? Un coup de fil fera l'affaire.

En politique, la Brise peut compter sur bon nombre de relations. Des contacts sont noués *via* Jacques Costa, le frère de Maurice, avec Paul Giacobbi, député et président du conseil général de Haute-Corse, et son conseiller Dominique Domarchi, qui sera assassiné en 2011.

L'un des frères Guazzelli, Jean-Claude, connaît aussi bien du monde en tant qu'ancien patron du Crédit agricole – premier bailleur de fonds corse et principal relais de l'État –, ancien participant aux accords de Matignon et conseiller territorial. La Brise participe ainsi aux élections, quand elle y trouve un intérêt.

Un jour, comme ça, Francis apprend qu'un hurluberlu veut se présenter aux municipales contre son ex-beau-père, Vincent Cognetti, le maire de Ponte-Leccia. Que fait-il ? Il déboule dans la permanence électorale du rival et lui explique que, s'il ne se retire pas, il sera élu mais à titre posthume… Et Cognetti est réélu.

Dans la police, Christian Leoni rémunère des taupes aussi bien au commissariat de Bastia qu'à celui d'Ajaccio, de manière à ce que, chaque fois qu'il doit y avoir une interpellation, la Brise soit toujours prévenue. Si une descente de police concernant les machines à sous est programmée le lundi, alors, le dimanche, toutes les machines de tous les bars de Bastia et de la plaine orientale sont enlevées. C'est miraculeux. Je me suis souvent dit qu'il faut sacrément avoir la foi, quand on est un bon flic ou un bon juge, pour continuer d'avancer sur un tel champ de mines.

Le crime organisé est une hydre à plusieurs têtes et la Brise de mer en est le cœur battant.

Mais tout cela n'est encore rien au regard des contacts bien plus haut placés, tant en France qu'à l'étranger, qu'entretient un homme comme Richard Casanova. Dans la Brise, c'est lui dont tout le monde murmure qu'il a le bras long, qu'il a ses entrées partout, qu'il rend des services aux Renseignements généraux comme à des entreprises françaises à l'étranger, notamment en Afrique, mallettes pleines de liquide en main.

En France, son interlocuteur direct au renseignement intérieur n'est autre que Bernard Squarcini, l'ancien et tout-puissant patron de la DGSI. Une relation « fusionnelle », aux dires de Francis, qui le rend fou. Squarcini, même s'il s'en défend aujourd'hui, a toujours suivi de très près les affaires du cercle Wagram, à Paris, géré en sous-main par son ami Richard jusqu'à son assassinat en 2008, avant d'être repris par Angelo Guazzelli, puis par un coup de force de Jean-Luc Germani, en 2011.

Pendant sa cavale longue de seize ans, Casanova a eu porte ouverte au ministère de l'Intérieur, de vrais-faux papiers au nom d'Éric Rossi, un passeport tamponné des autorités. Il a été retiré du fichier du grand banditisme en 2000 par Squarcini, eu deux enfants qu'il a déclarés respectivement à la mairie du XIIe arrondissement de Paris et de Bastia, il a voté, il a participé à une chasse dans le Loiret en compagnie de personnalités du monde des affaires et de la politique. Et dès que des policiers se rapprochaient de lui, il était prévenu. Sans doute faut-il avoir de sacrées connexions pour mener une double vie d'évadé et de citoyen respectable.

Une vie que Francis résume à sa façon, brute de fonderie, comme toujours : « Balance. »

Cette capacité à dialoguer avec des représentants de l'État, ce sens brillant de la stratégie que Francis lui reconnaît d'ailleurs avec une sincère admiration, lui ne l'a pas. Francis m'a souvent nourri de leurs récits d'anciens combattants, des braquages de banques qu'ils ont écumées tous ensemble depuis l'acte fondateur en 1982, le pillage du Crédit lyonnais de Bastia, où l'équipe éventre 159 coffres à la barbe de la police, avant d'aller déployer tout son savoir-faire de Saint-Laurent-du-Var à Angoulême.

Francis m'a toujours dit que, quand ils arrivaient sur les lieux du délit, ils n'avaient besoin de s'occuper de rien parce que Richard s'était déjà chargé de tout. Il avait tout quadrillé, prévu les voitures volées, les armes, les plans de repli. En fait, Francis et les autres débarquaient les mains dans les poches pour deux ou trois jours, le temps de commettre le braquage, puis de se mettre au vert.

Une telle répartition des tâches était caractéristique du fonctionnement de la Brise : une équipe commanditait, l'autre exécutait. Et en matière de planification et de logistique, Richard, c'était l'orfèvre. En la matière, Francis lui devait d'ailleurs une fière chandelle, puisque c'est grâce à lui qu'il avait pu s'évader, avec Charles Pieri, le leader du FLNC, de la prison Sainte-Claire de Bastia, en 1984. Richard, venu des rangs nationalistes, était un proche de Pieri et c'est en montant leur évasion à tous les deux qu'il a, au départ, conquis l'estime de Francis et qu'il est entré dans la Brise de mer.

Mais c'est son coup de maître du casse de l'UBS, la richissime banque de Genève, qui l'a véritablement intronisé au sein de la Brise et lancé dans la longue cavale qui a fait sa légende.

Plus de 220 kilos de billets dérobés pour un total de 31 millions de francs suisses, soit plus de 20 millions d'euros, un record. Tous les coffres ouverts sans effraction.

Les cinq hommes armés qui pénètrent dans la banque par l'entrée de service, ce dimanche 25 mars 1990, connaissent tous les codes. La faille s'appelle Michel Ferrari et c'est Richard qui l'a trouvée. Ferrari est l'époux de la secrétaire de direction de la banque et il montera toute l'opération, en échange d'une récompense prévue, bien entendu. Sauf que celle-ci ne viendra pas. Michel Ferrari se mettra alors à table, ce qui fera exploser l'affaire de l'UBS. Francis en a toujours tenu grief à Richard. Grâce à ce vol magistral, Francis avait pourtant touché, comme Maurice Costa, à leur sortie de prison, 800 millions de centimes (1 million d'euros), leur part de l'UBS.

Mais Francis n'est pas fait du même bois que Richard. Décidément, ces deux-là ne sont faits pour s'entendre que dans le cadre d'un intérêt commun, bien compris et surtout clairement délimité. L'un est aussi charismatique et sinueux que son aîné est explosif et incontrôlable. Richard est un politique qui s'adapte à tous les milieux – ce n'est pas pour rien que Guazzelli ou Christian Leoni l'appellent « le Serpent ». Mariani a la police et la justice en horreur et dédaigne toute forme de dialogue avec elles. Il soupçonne d'ailleurs Richard, « l'électron libre », de tuyauter ses relations policières pour arranger ses affaires et pas celles de la Brise. Un seul exemple ? Yvan Colonna, le tueur du préfet Érignac.

Quelques mois avant son arrestation, Colonna avait été vu du côté de Propriano, par hasard, par deux nationalistes du MPA, le mouvement d'Alain Orsoni et d'Antoine Nivaggioni, Jean-Marc Bonelli et Ange-Marie Orsoni, qui connaissaient le berger qui le cachait. Richard Casanova était en contact avec le MPA sur des affaires. Il l'était aussi avec Bernard Squarcini. C'est lui, en fin de compte, qui a fait le lien entre Squarcini et le MPA sur la planque d'Yvan Colonna...

Décidément, cet ambitieux qui veut étendre son emprise sur la Corse-du-Sud *via* plusieurs projets portuaires gêne de plus en plus Francis, d'autant que, en sourdine, celui-ci le soupçonne de nettement pire encore.

10 mars 2006. Un homme connu de toute la Corse et de tous les cabinets des présidents africains s'effondre sur le parking de l'aéroport d'Ajaccio, au pied de sa BMW noire. En provenance du dernier vol de Paris, il était en train d'ouvrir le coffre de sa voiture quand un tireur lui

a tiré à bout portant dans la tempe. La Corse, tellement habituée à la mort, reste interdite devant celle-là.

Cours Napoléon, tout le monde connaît le sourire de Robert, ses blazers bleu marine et son aura. Robert Feliciaggi n'est pas seulement le maire du petit village de Pila-Canale, il est aussi le président du groupe divers droite à l'Assemblée de Corse et le roi des jeux en Afrique, avec son associé Michel Tomi, le partenaire d'affaires de Richard. Il est surtout l'ambassadeur d'une légende, Jean-Jé Colonna, le parrain à l'ancienne de la Corse-du-Sud.

Autant dire que son assassinat sonne comme un véritable acte de guerre. Une bombe jetée sur la cartographie de la Corse où, jusque-là, la frontière était claire, soigneusement délimitée par une *pax mafiosa* : au nord, la Brise de mer ; au sud, Jean-Jé Colonna. L'assassinat de Feliciaggi, suivi, quelques mois plus tard, de la mort accidentelle de Jean-Jé Colonna sur une route du Valinco, va nécessairement rebattre toutes les cartes.

Qui a pu assassiner Robert ? Qui avait intérêt à semer le trouble et à remettre en cause ce partage du territoire ?

L'enquête n'a jamais permis de cibler un suspect. La thèse d'une implication de Richard Casanova a longtemps plané. Pour Francis, c'est une conviction, intime et définitive : le commanditaire de l'assassinat de Robert, c'est Richard, qui avait décidé de conquérir le Sud de l'île. Feliciaggi redistribuait beaucoup d'argent des jeux d'Afrique au clan de Jean-Jé Colonna. Il fallait couper ces subsides et donc une tête, Robert. D'après Francis, la Corse vivait un moment-clé de bascule du banditisme et l'assassinat de Robert Feliciaggi avait été longuement mûri et préparé de manière à ce qu'une guerre éclate. Ce qui s'est produit. La Corse est entrée dans un chaos sans précédent. Pour Francis, Richard avait allumé la mèche, puis il s'était mis au vert. En prison.

Richard, qui était en cavale depuis des années, a en effet été arrêté une semaine avant la mort de Robert, le 3 mars 2006. Pour Francis, il s'agissait ni plus ni moins d'une arrestation arrangée, destinée à créer un alibi. Selon lui, un accord avait été passé avec la police pour qu'on l'arrête tel jour à tel endroit, sans arme, qu'il fasse un peu de détention pour la forme, puis que ses affaires s'arrangent. Richard a fait quelques mois au quartier VIP de la Santé. Et il a été libéré le 22 novembre 2006 par la cour d'appel de Paris, contre l'avis du parquet général, grâce à une caution de 150 000 euros versée par une cousine chanteuse et un propriétaire de casino de Vals-les-Bains, en Ardèche.

De ces lourds secrets que la justice n'a jamais dénoués, Francis n'a jamais parlé à Richard, évidemment. C'eût été lui déclarer ouvertement la guerre. Richard voulait devenir le grand parrain de la Corse, mais, le problème, c'est que Francis aussi.

Et moi, j'ai assisté au dernier round de la confrontation de ces deux fauves, celui qui va faire exploser toute la Brise de mer.

La dernière traque

En ce début d'année 2008, il n'y a toujours qu'un nom qui obsède le cerveau et les monologues de Francis, c'est Jean-Luc Germani, le beau-frère de Richard. Il n'a toujours pas trouvé celui qu'il considère, sans aucune preuve, il faut bien le dire, comme le responsable de sa tentative d'assassinat. En lui glissant « Mais tu es sûr ? Tu es sûr ? », je tente de lui parler de mes doutes, d'en instiller chez lui. Avec Francis, difficile d'insister… Il ne connaît aucune demi-mesure, entre directement en conflit.

Alors, je la mets en sourdine et continue de le conduire d'un bout à l'autre de la Corse, à la recherche de la moindre information. Francis a des sentinelles à tous les coins de l'île, à Marseille, et si le monde est petit, la Corse l'est encore plus.

Il y a d'abord Christian Leoni, le trésorier de la Brise, et tous les gens qui lui sont proches, ce qui en fait un paquet. Sur la plaine orientale, il y a le propriétaire d'un bar, qui connaît Jean-Luc Germani et cherche des renseignements. Il y a ensuite un ami d'ami, dont le beau-père, propriétaire d'un camping, est un proche de Germani.

À chaque fois que ce dernier passe le voir au camping, Francis est au courant dans l'heure. Par lui, on apprend aussi que Germani circule dans une BMW X3 blindée noire, louée par le PMU du Gabon.

À Porto-Vecchio, à Ghisonaccia, partout ailleurs, c'est la même chose, d'autres hommes veillent. Francis a mis en place une véritable tour de contrôle, pendant que, tous les jours ou presque, il s'entraîne à tirer. Quand nous sommes sur une route isolée, il me dit : « Arrête-toi ! » Il prend alors son Glock 9 mm et tire. Sur des canettes, des bouteilles de bière que je place à une dizaine de mètres. Malgré de gros problèmes de vue, il vise toujours dans le mille.

Et moi, je suis. Car mon sort, au propre et au figuré, est désormais cyniquement chevillé au sien. Devenu l'« homme de confiance » d'un tueur menacé par un autre tueur, je suis dans la nasse. Si je laisse passer quelque chose qui peut attenter à la sécurité de Mariani, je suis aussi en danger. Si, demain, je sécurise mal la maison où nous allons dormir et que des types entrent pour y assassiner Francis, je suis mort. Je suis sur le qui-vive en permanence. Un algorithme à moi tout seul.

Mon cerveau est devenu un disque dur qui chauffe en continu, qui enregistre et archive une myriade d'informations qu'il croisera et recrachera le moment venu, en cas d'alerte. Du matin jusqu'au soir, je photographie dans ma rétine les visages des passants, des conducteurs, la moindre moto qui arrive dans le rétroviseur, je mémorise toutes les plaques d'immatriculation des véhicules jugés suspects. J'en connais par cœur des dizaines. Une voiture que je croise deux fois le même jour est immédiatement cataloguée. Qui sait si elle n'appartient pas à des policiers ou à des gens qui préparent un mauvais coup.

90-AWG-13. Cette plaque, elle clignote encore comme une lanterne rouge dans mon cerveau reptilien. Je l'enregistre pourtant en 2008, un jour où Francis est persuadé qu'un attentat se prépare contre lui.

Nous n'avons pas entendu parler de Jean-Luc Germani depuis des semaines et voilà que, ce matin-là, de passage à Ajaccio, je le vois dans le rétroviseur, derrière nous ! Tony Quilichini, l'un de ses compagnons d'équipée qu'on appelle « Tony le Boucher », lui ouvre la voie dans une Mégane et Germani le suit dans une autre Mégane. Cette rencontre est le fait du hasard, puisque personne ne peut savoir que nous nous trouvons ce jour-là à cet endroit-là. Mais dans la voiture, sur la déviation à l'entrée d'Ajaccio, Francis, dressé sur son siège, Glock au poing, devient fou à lier : « C'est Germani ! »

Agrippé au volant, le palpitant cognant à tout rompre, je me lance dans un gymkhana à sa poursuite. Il y a trop d'embouteillages et je le perds, pendant que Francis me traite de tous les noms de détritus. Obnubilé par la route, en sueur, je ne souffle mot, espérant laisser retomber la pression. Mais alors que nous continuons notre route, quelques heures plus tard, nous recroisons le duo en partant d'Ajaccio, sur la route d'Aléria…

Dans la voiture, Francis remonte aussi sec en charge. Pour lui, la troisième guerre mondiale va avoir lieu. Moi, le pied sur la pédale d'embrayage, je m'y prépare aussi. Sauf que, cette fois, ce ne sera pas pour lui. Dans le flot des voitures, Germani nous échappe, encore. Et deux jours plus tard, le 9 juillet 2008, Ange-Marie Michelosi, le lieutenant du parrain Jean-Jé Colonna et le mentor du fameux « Petit Bar », la redoutable bande de chiens fous qui tient aujourd'hui Ajaccio, sera assassiné à Grosseto, à une vingtaine de minutes d'Ajaccio.

Pour Francis, encore une fois sans la moindre preuve, il est clair que Germani avait fait des repérages, le jour de notre course-poursuite… Et moi, je n'ai jamais oublié le numéro de sa plaque.

Cet assassinat a en tout cas marqué Francis, qui s'entendait très bien avec Ange-Marie Michelosi. Ils s'étaient rencontrés dans des circonstances qui peuvent nouer des liens durables, en Corse. Autour du cercueil de Jean-Jé

Colonna, lors de l'enterrement du vieux parrain, en 2006. Les policiers en avaient alors immédiatement conclu à une sainte alliance entre le boss de la Brise et le camp d'en face, c'était prématuré.

Depuis, Francis et Ange-Marie se voyaient de temps en temps, par simple amitié. Deux jours avant l'assassinat d'Ange-Marie, alors que je mangeais avec Francis au Piano, un restaurant de Porticcio, Ange-Marie était arrivé et, apercevant Francis, était venu l'embrasser. Francis lui avait ensuite glissé de faire attention à lui, vu le contexte troublé de « recomposition insulaire » depuis la mort de Jean-Jé Colonna et de son ambassadeur Robert Feliciaggi. La Corse était devenue un stand de tir.

En juin 2008, peu après la mort de Richard, c'était Jean-Claude Colonna, héritier et cousin de Jean-Jé, qui avait été quasiment décapité par trois tireurs embusqués au volant de son 4 × 4. À la table du Piano, Francis a marmonné à Ange-Marie de prendre garde et Ange-Marie lui a gentiment répondu de faire plutôt attention à lui, après ce qui était arrivé à Richard. Francis lui a alors rétorqué : « Pas besoin, parce que Richard, c'est moi. »

Après ça, Francis et Ange-Marie auraient dû se revoir, car Ange-Marie voulait lui confier des choses « très graves » dont il n'a pas voulu lui parler ce soir-là, mais il n'en a pas eu le temps.

À la fin du mois de juillet 2008, Francis a demandé à voir son frère, Jean-Toussaint Michelosi, pour une réunion des plus sensibles. Le jour dit, autour de la table d'une salle reculée d'un complexe hôtelier de Porticcio, il y avait tous les membres du Petit Bar, équipe concurrente à la Brise, et nous. La grande discussion du jour : la traque de Jean-Luc Germani, que tout le monde tenait pour responsable de la mort d'Ange-Marie Michelosi et de Jean-Claude Colonna.

Voilà comment, sur la tête de Germani, se sont liguées deux grandes forces criminelles, le Petit Bar et l'un des boss de la Brise, en vue d'un règlement de compte convergent, qui n'a pas eu le temps d'avoir lieu.

Et voilà ce qu'est devenue ma vie, en moins d'un an. Enfant, je rêvais de devenir vétérinaire parce que j'adorais les chiens et les oiseaux. Je suis finalement entré dans une jungle qui fait profession de crime, où un mort en appelle un autre, où vous pensez en permanence au crime que vous allez commettre, à titre de représailles, sinon de protection, où vous échangez des prévenances qui sont autant de condoléances avant l'heure.

J'ai mis le doigt dans une roue qui n'en finit plus de tourner parce que, avec la Brise, il n'y a jamais d'amnistie ; parce qu'il m'est devenu impossible d'en sortir et que, témoin consentant de ce ballet macabre, je ne maîtrise plus rien.

« Moi, de toute façon, le sang, ça m'aide à dormir. » Francis a fini son ragoût, il sauce son assiette avec un bout de pain et relève la tête dans un sourire indéfinissable.

Pourquoi me dit-il ça, le lendemain, à l'auberge du Prunelli ? Je n'ai pas fermé l'œil de la nuit, bouffé par la tension de la journée à la poursuite de Germani. Mes cernes me donnent un air de cocker, j'ai le cerveau qui bourdonne. Sent-il que je commence, confusément, cet été 2009, à traîner la patte et à avoir des envies muettes de tout balancer ?

Cette phrase, il me l'a lâchée sur le ton le plus naturel du monde. Il peut dire ça comme il peut confier à la ronde, à des copains de comptoir, qu'un jour, alors qu'il était dans un bar avec son père, un type a manqué de respect à ce dernier. Francis a alors fait des brisures de son verre sur sa tête, puis, devant la petite assemblée abasourdie, il s'est mis à laper le sang qui avait étoilé tout le zinc.

Cet homme qui marche sur un champ de morts est fou. Il sait que tout ça va mal finir, il sait qu'il est condamné, qu'il ne retournera jamais en prison, la mort ne lui fait pas peur, d'ailleurs, il me le répète assez souvent. Même Richard l'appelle « Trompe-la-mort. »

Et moi, bon an mal an, j'essaie de me rassurer, je me raconte des histoires, je me dis que, une fois qu'on aura Germani, tout sera fini, tout rentrera dans l'ordre. Mon existence s'est réduite à cette infernale et honteuse servitude. Quand je remonte de temps en temps à la surface de l'eau, je me fais l'effet d'une carpe qui cherche l'air, les ouïes comme des soufflets. Francis ne me laisse jamais respirer, jamais.

À présent, il me tanne avec cette autre échéance qui l'attend. Le procès qui va s'ouvrir à Aix-en-Provence, en février 2008, dans lequel lui et son fils Jacques sont mis en examen pour l'assassinat de Nicolas Montigny, un jeune nationaliste proche d'Armata Corsa. Aix, le territoire de Germani et de ses amis les Federici, les bergers de Venzolasca. Il va nous falloir y passer quelques semaines.

Un autre enfer se prépare.

Accusé à Aix

Jean-Louis Seatelli nous précède de quelques pas à la sortie du café du Palais, semble hésiter sur le seuil. Le nez bien droit planté au milieu d'un visage sculpté à l'antique, la paupière mi-close, le célèbre avocat a sa moue dédaigneuse de tous les jours, mais je vois bien, moi, ce midi, que quelque chose ne va pas.

Nous venons de finir un déjeuner de travail avec Francis et les autres défenseurs de la Brise, Pierre Bruno, Éric Dupont-Moretti, Jean-Yves Liénard et Antoine Sollacaro. Mariani père et fils ont pris les ténors les plus réputés pour défendre leur cause. Leur procès commence dans une heure et nous n'avons que la rue à traverser pour nous rendre au palais de justice où Francis, son fils Jacques, Alexandre Vittini, Paul Alerini, Anthony Bizzari et José Demasi vont être jugés pour l'assassinat de Nicolas Montigny, un jeune nationaliste proche d'Armata Corsa, en 2001.

Le dossier pèse du plomb, Aix-en-Provence est fébrile, des hommes en noir tiennent des conciliabules sur les marches du palais. De la Brise, Christian Leoni et Francis Guazzelli ont tenu à faire le déplacement de Corse pour soutenir leur ami Francis, qui est en train de tirer sur son cigare à pleines bouffées, devant le café du Palais, quand Seatelli, se rapprochant de lui, finit enfin par se décider à lâcher le morceau : « Je ne vais pas pouvoir plaider, Francis, lui dit-il en se raclant la gorge. – Ah bon et pourquoi ? – Je n'ai toujours pas encaissé les 15 000 euros que me doit ton fils. »

Francis s'arrête de tirer sur son cigare, dévisage froidement l'avocat et, après un bref silence, se fend d'un méchant rire incrédule : « Tu veux un chargeur à la place de la facture ? » De surprise, maître Seatelli recule de quelques pas.

L'air foncièrement mauvais de Francis le renvoie sans doute brutalement huit ans en arrière, un jour de parloir, à Borgo, en 2000, quand il était venu rendre visite au trio infernal Mariani, Costa, Santucci pour leur dire de ne pas s'inquiéter, ils seraient bientôt libérés. Francis s'était alors levé de sa chaise pour lui plaquer sa main sur la figure en hurlant : « Ah oui ? Mais ça fait huit mois que tu nous dis qu'on va sortir ! » Ce pauvre Seatelli s'était ensuite retrouvé en boule sous la table pour se protéger des coups de pied de Francis, tandis que Maurice et Pierre-Marie intervenaient pour calmer leur ami.

Mais, visiblement, Seatelli n'en a pas tenu rigueur à Francis, puisqu'il est là, en ce mois de février 2008, à Aix, pour le défendre. Et qu'il va bien plaider.

Les policiers cagoulés du GIGN sont postés dans l'enceinte du palais. Francis fait mine de ne pas les voir en entrant dans le prétoire. Pendant ce procès qui durera plus d'un mois, rien ni personne n'entamera sa superbe de grand bandit corse. Il ne va cesser d'engueuler ses coaccusés : « Toi, on dirait un cocker, là ! Ne baisse pas les yeux ! Les jurés, il faut les regarder bien en face ! »

Ses avocats aussi en prendront pour leur grade, pendant les pauses, accusés de ne pas savoir tenir son fils, Jacques, qui adore amuser la galerie, apostrophe, bagarreur, la mère de la victime comme s'il était sur un ring de boxe et fait des signes d'égorgement aux avocats de la partie civile. Ce qui a le don de rendre fou Francis : « Mais dites-lui de la fermer ! » Le père et le fils s'entendent comme chien et chat.

Jacques Mariani, de toute façon, tous les hommes de la Brise, les Guazzelli, les Casanova et les autres, le prennent pour ce qu'il est, un type aussi dangereux qu'imprévisible. Un caillou qui n'a peur de rien et n'a jamais baissé les yeux devant eux. Ils n'aiment pas José

Menconi et veulent s'en débarrasser ? Jacques les a avertis : « S'il arrive quelque chose à José, vous aurez affaire à moi ! »

Mais tout ça, c'est pour la parade. Moi qui connais Francis, je sais bien que, au fond de lui, il est tendu depuis des semaines à l'idée de venir à Aix-en-Provence. Si étonnant que cela puisse paraître, il n'a jamais connu un grand procès d'assises. Jusqu'ici, il n'a été jugé que pour des vols à main armée ; pour le reste, il est toujours passé entre les mailles du filet. Les années 1980 ne sont pas les années 2000 : pas d'ADN, pas d'empreintes, pas de téléphonie, pas de preuves, pas de coupable…

Ce coup-ci, Francis va devoir affronter les jurés et il n'aime pas du tout l'idée, il se méfie des gens ordinaires. La frousse pourrait s'emparer d'eux et l'expédier pour des années en prison… Il aura pourtant tout fait, tout, pour essayer de « trouver un arrangement » à ce procès : il a rencontré des élus d'Ajaccio pour tenter de cerner le bord politique du président de la cour. La veille de la déposition à la barre du principal témoin du crime, il a aussi pris rendez-vous avec lui à l'hôtel Negrecoste, par le biais d'amis d'amis, et je ne sais pas ce qu'ils se sont dit, mais Francis en est ressorti avec un sourire de vainqueur.

Celui-là, je le vois, il en espère quelque chose. Il espère aussi qu'il rattrapera le retentissant fiasco de la première opération de subornation de témoin qui avait fait démarrer le procès comme un polar de série B, quelques mois plus tôt.

Le procès, sitôt ouvert, avait en réalité dû être ajourné dès la première audience, car un témoin-surprise s'était présenté à la barre. Un homme du nom de Philippe Navarra, venu disculper les Mariani et expliquer à la cour qu'il connaissait, lui, le véritable assassin de Nicolas Montigny : son propre frère, Jacques Navarra, ce charcutier pourtant assassiné par Francis en 2001 ! Ce faux témoin avait été payé 100 000 euros par Francis Guazzelli pour venir induire la cour en erreur... Ce qu'elle a découvert. Patatras. Il fallait tout recommencer !

Cette fois, la Brise de mer a ressorti l'artillerie lourde et, face à elle, sur le banc de la partie civile, il n'y a jamais qu'une mère aux yeux inconsolables, tout en noir, Christiane Muretti.

D'une voix égale, cette femme raconte l'éveil au nationalisme de son fil, l'embrigadement, en prison, par ses mentors Jean-Michel Rossi et François Santoni, le climat pourri de la Corse. Moins d'un mois avant sa mort, Nicolas avait perdu son copain Dominique Marcelli, retrouvé carbonisé avec son cousin. Nicolas soupçonnait, pour cela, Jacques Mariani, qui sera effectivement mis en examen dans cette affaire, avant d'être acquitté. Nicolas Montigny n'a pas survécu très longtemps à son ami.

Ce 5 septembre 2001, il se rend dans un cybercafé de Bastia. À 20 h 30, deux tueurs entrent. Onze impacts et la mort. Et Jacques Mariani de se retrouver de nouveau sur le banc des accusés, défendu par la crème des avocats.

Je suis, cette fois, de leur côté, et je regarde avec une certaine admiration, et peut-être même une forme de commisération, celui qui défend cette femme, maître Jean-Michel Mariaggi. Cet avocat qui, ironie de l'histoire, deviendra quelques années plus tard le mien, c'est la première fois que je le vois, ce regard bleu indélébile, cette façon de se tenir bien droit à la barre, les épaules comme deux rocs calés entre le public et le président. Il me paraît pourtant bien seul, face à nous, avec son confrère Jean-Claude Valéra. Lui et Jean-Michel feront l'objet de bien des approches durant ce procès, des hommes venant s'asseoir à leur table, au café, ou les trouver à leur hôtel pour leur demander d'ajuster leur plaidoirie, d'être un peu plus cléments. En vain. Jean-Michel fera la sourde oreille à toutes les intimidations, peut-être même parfois de manière inconsciente. Un procès est un théâtre où chacun joue un rôle. Lui, non.

Francis, lui, cache bien sa nervosité, sous son masque de pierre. Ce n'est pas seulement à cause des provocations de son fils qu'il est plus tendu, ni même pour ce qu'il risque au procès, c'est surtout parce qu'ici, à Aix, il est sur les terres de son cauchemar, Jean-Luc Germani. Il en est sûr, Jean-Luc veut toujours sa peau.

En marge du grand procès et des feux médiatiques se trame, dans l'ombre, une histoire off dont personne n'a jamais rien su et qui en dit long, de manière plus générale, sur la façon dont les voyous corses, et *a fortiori* les Mariani, gèrent leurs affaires, à leur façon, loin de la justice des tribunaux.

À Aix, me voilà donc à assurer officieusement la sécurité de Francis, un Glock à portée de main dans la voiture, alors que lui est en parallèle et officiellement accusé d'association de malfaiteurs dans l'assassinat de Montigny. Nous sommes d'ailleurs venus à plusieurs, pour lui. Nous sommes quatre, en fait.

Nous roulons toujours en convoi, je conduis la voiture de Francis tandis qu'une autre nous ouvre la voie. Il ne nous manque que les sirènes. Quand Francis sort du palais de justice, je l'attends à la sortie de la passerelle, en face des portes ; quand il y entre, je le dépose au dernier moment. Et nous changeons d'hôtel tous les trois jours, pour éviter de nous faire repérer.

Enfin, le procès tire à sa fin. Aucun de nous n'a vu Germani nulle part et Francis est sauf. S'il n'y avait encore le verdict à venir, j'aurais presque envie de pousser un gros soupir de soulagement. Je vais bientôt pouvoir respirer, rentrer chez moi, retrouver ma femme et mes filles, que j'ai trop peu vues pendant tout ce cirque.

Avec mon épouse, le lien s'est tendu ces dernières semaines, elle ne comprend pas que je me rende à Aix avec Francis et me l'a toujours dit : « Qu'est-ce que tu vas faire avec ces gens ? Tu vas encore te retrouver dans une situation pas possible ! » C'est peu dire… Je lui ai répondu que je n'ai pas le choix, que je suis redevable envers Francis, même si je sais, bien évidemment, qu'elle a raison…

Mais la cour d'assises n'est pas encore au bout de ses surprises, et moi non plus. Un soir, vers 22 heures, alors que nous sommes dans une chambre de l'hôtel Le Sébastien, à Venelles, à quelques kilomètres d'Aix, le téléphone sonne. Au bout du fil, l'un des avocats de Francis, Pierre Bruno. Il veut parler à Francis et il a l'air très ennuyé : « Ton beau-frère est en garde à vue avec deux autres gars. On leur reproche d'avoir tenté d'intimider un juré. »

Le beau-frère en question, on le cherche depuis des heures. Il était censé passer l'après-midi à Marseille chez son ami Patrick Blondeau, l'ex-joueur de foot et propriétaire de la brasserie des 2 G, à Aix, qui était aussi un grand copain de Francis. Nous devions le retrouver à

18 heures et puis rien, aucune nouvelle. Téléphone sur messagerie.

Cet abruti avait décidé, de son propre chef, dans le dos de Francis, d'aller parler à un juré. Il avait récupéré son adresse, il s'était garé au bas de son immeuble, dans l'après-midi, avec ses deux acolytes. Dans la cage d'escalier, il était tombé sur la femme du juré, qui avait pris peur et appelé la police. Et voilà comment je me suis retrouvé, moi, dans un infernal sac de nœuds, car le beau-frère circulait dans une voiture que j'avais louée à mon nom, une Audi Q7.

À l'intérieur, à l'arrière, la police a retrouvé des gants qui m'appartenaient. Les gants sont partis faire des expertises ADN. Les empreintes retrouvées ne correspondaient à aucune connue. Normal, puisque je n'étais pas encore dans les radars de la justice. Les policiers ont pensé qu'il s'agissait de celles de Francis. Mais, quand j'ai été arrêté à la fin 2009, ils ont fait le lien et j'ai été mis en examen dans cette affaire de subornation de témoin dans laquelle je n'étais strictement pour rien et où j'ai obtenu un non-lieu.

En revanche, dans une affaire connexe, j'ai été condamné pour détention et transport d'armes à dix-huit mois de prison pour un Glock retrouvé à l'hôtel de Venelles. À la suite de l'interpellation des trois larrons, les policiers étaient descendus à l'hôtel et y avaient retrouvé des armes, dont un Glock qui avait fait partie de la transaction que j'avais effectuée pour Francis.

En tout état de cause, entre le beau-frère de Francis et moi, par la suite, il y a eu quelques mots... Francis aussi était furieux de cette histoire, car la bévue de son beau-frère a braqué tous les projecteurs sur lui et lui a mis une pression supplémentaire dans le procès. Les magistrats ont d'ailleurs voulu le suspendre pour reprendre plus tard et c'est Francis qui leur a dit de poursuivre, tandis qu'en privé il engueulait ses avocats qui essayaient de le rassurer : « Comment voulez-vous que ça aille avec les conneries de mon beau-frère ? »

Nous voici enfin à la veille du verdict. Qu'il a été long, ce procès, interminable. Tout aurait dû être achevé ce vendredi 16 mars 2008, mais les plaidoiries ont pris du retard et le délibéré n'aura lieu que demain matin, samedi. Je l'attends, moi aussi, fébrilement : j'ai de plus en plus de mal à contenir les nerfs de Francis. L'avocat général l'a présenté comme « le patron » de « l'opération d'élimination » de Nicolas Montigny.

On est mal. Ce n'est pourtant pas faute d'avoir essayé d'arranger son procès, mais Francis le sent, cette fois, il va être condamné, il va retourner en prison. Et si les accusés ont pour habitude d'attendre le verdict d'une cour d'assises les bras croisés, parce qu'il n'y a pas grand-chose d'autre à faire, pour lui, il n'en est tout simplement pas question.

Dernière pause de midi, attablés au café du Palais. Nous venons de finir le déjeuner. La serveuse a encaissé l'addition. Francis aligne les billets sur la nappe blanche comme au poker et, en se levant, se tourne vers notre ami Charles Fraticelli, qui, les joues bien creuses, accuse la fatigue du procès. Il a un « service » à lui demander : Charles va se rendre le soir même à l'aéroport de Marignane, muni de la carte d'identité de Francis, et il prendra un avion pour la Corse en se faisant passer pour Francis. Ils ont le même âge, les mêmes cheveux grisonnants, cela ne devrait pas poser de problème.

Ce pauvre Charles, je le regarde écouter Francis et faire « oui » de la tête comme un vieux toutou fatigué. Depuis qu'il est devenu, lui aussi, redevable envers Francis, l'autre le tient en laisse. Au début, quand je suis entré dans la danse, en novembre 2007, je me suis demandé ce que ce buraliste à l'air de gentil papi pouvait bien faire à ses côtés. Il avait plutôt le profil du petit épargnant au Crédit agricole attendant patiemment sa retraite, jusqu'à ce que sa route croise celle de Francis…

Charles tenait un tabac-presse à l'entrée d'Aléria, il se levait tous les matins à 5 heures pour ranger ses journaux qui arrivaient par douzaines. Son fils et celui de Francis étaient copains et lui et Francis se sont rencontrés quand Francis est sorti de prison en 2006.

À l'époque, Charles était comme moi, au fond de la mouise. Il devait 150 000 euros à un type d'Aléria qui a par la suite été condamné pour un gros casse en Suisse, Ange-Philippe Dominici. Charles avait voulu acheter une affaire qui lui avait coûté et il n'avait plus un sou pour rembourser Dominici qui, à l'époque où Francis dormait en prison, y était aussi. Francis a eu vent de l'histoire et il est allé voir Dominici : « Voilà tes 150 000 euros. Charles Fraticelli, il ne te doit plus rien. » Francis a effacé la dette de Charles et lui a mis le grappin dessus.

Ce faisant, Charles a en réalité tristement suivi son fils Ange, un commerçant, dans la main des Mariani. Quelques années auparavant, Jacques, le fils de Francis, mis en examen dans le double assassinat des deux cousins Marcelli en 2001, avait en effet fait faire à Ange un faux témoignage disant que, au moment du crime, Jacques se trouvait avec lui. Le fils Mariani s'est servi de lui comme alibi. Toute la famille Fraticelli était donc prise à la gorge par les Mariani…

À partir de là, Charles n'a jamais pu refuser quoi que ce soit à Francis. Sa maison, en rase campagne, idéalement placée pour une planque, était devenue celle de Francis, qui pouvait y débarquer à n'importe quelle heure, pour l'apéro, pour manger, pour dormir. Charles s'occupait de prendre des rendez-vous pour lui, avait transformé son salon en salle de réunion pour lui, louait pour lui des hangars, des maisons, des voitures. Et il s'est retrouvé contraint de participer à la traque de Germani. Bien malgré lui, il a pris part à toute cette folie furieuse. Il en est mort, en de terribles circonstances, un an plus tard.

À présent, Francis se tourne vers moi et me dit : « Toi, tu ne vas pas rester là, tu vas m'amener en Suisse. » Il a tout simplement décidé de se faire la malle à la veille du délibéré.

Je ne suis pas surpris, au fond. Je m'en doute depuis plusieurs jours, car, pendant le procès, Francis m'a déjà expédié chez les Helvètes pour un aller-retour express. Il avait voulu que je m'assure que des « amis » pourraient l'héberger quelques jours dans un appartement à Genève.

Ces amis, en l'occurrence, ce sont des connaissances que j'avais rencontrées sur des rallyes et que je lui avais présentées, notamment un gros transporteur français, ayant investi en Suisse et doté d'un solide carnet d'adresses dans le monde de la finance, ainsi qu'un administrateur connaissant toutes les combines pour blanchir de l'argent. Francis avait sympathisé avec eux, les Suisses lui avaient présenté d'autres gens, des financiers, des banquiers, et ils avaient fait affaire ensemble. Francis avait notamment investi dans le sport automobile et avait aussi pu déposer en Suisse quelque 450 000 euros qui avaient pris la direction de Singapour puis de la Chine, au travers de multiples sociétés-écrans, pour revenir ensuite lavé plus blanc que blanc. Des placements légaux qui ont pu rapporter à Francis 7 % par an…

Charles qui prend l'avion pour la Corse, c'est une diversion censée enfumer la cour. Le samedi, dernier jour du procès, Francis fait passer le mot par ses avocats : il a dû partir en urgence pour passer la soirée en Corse, au chevet d'un proche malade, et il a raté l'avion de retour pour revenir à temps assister au verdict. Pas de chance… Le président veut se montrer conciliant, propose de reporter l'audience à l'après-midi, de manière à attendre le retour de Francis. Mais Francis est déjà avec moi dans la grosse BMW M5 que m'a prêtée mon ami transporteur, en train de tailler la route vers la Suisse, téléphone coupé, maugréant une bonne partie du trajet : « Terminées, les emmerdes. Je n'y retourne plus. »

Comme convenu, à la frontière, un responsable logistique nous attend pour nous faire passer et nous achevons notre périple dans un magnifique appartement en proche périphérie de Genève. C'est là, face aux baies vitrées offrant une vue imprenable sur la ville, que Francis va pouvoir décompresser de la pression du procès. Et c'est ainsi que le verdict va tomber en son absence.

Francis apprend la nouvelle en achetant le journal. Sept ans de réclusion criminelle pour « association de malfaiteurs ». Son fils Jacques, reconnu coupable d'assassinat, est condamné, lui, à quinze ans. Les autres sont acquittés. Les nerfs en boule, Francis fait alors le tour du quartier pour acheter tous les journaux des tabac-presse du coin. Il est au vert en Suisse. Pas question qu'on tombe sur sa photo.

Une semaine s'est écoulée. Francis a achevé de respirer l'air des alpages. La Suisse n'était qu'une brève halte d'une semaine. En ce début du mois d'avril 2008, nous voilà de retour, à Marseille, fondus dans la foule sur le quai, pour reprendre le bateau vers la Corse. Anonymes en cavale sous un ciel de traîne.

Le port s'éloigne. Accoudé à la proue, je regarde les vagues se briser sur la coque, je pense à tout ce qui nous attend, envahi de cette sourde appréhension sur laquelle je ne parviens pas à mettre de mots. J'imagine bien que Francis va reprendre le fil de son obsession, qu'il va encore nous projeter sur les traces de Jean-Luc Germani, nous trimballer dans tous les sens. Mais je n'imagine pas que s'ouvre, dès lors, le pire chapitre de cette histoire.

L'œil du cyclone se rapproche.

Deux semaines, désormais, nous séparent du meurtre de Richard Casanova.

Francis est en fuite. Il ne dort plus du tout chez lui, mais chez des amis, dont Charles Fraticelli, qui nous voit débarquer à l'improviste dans sa maison d'Aléria au milieu des champs d'artichauts, pendant que sa femme est priée de nous préparer à manger en silence. Moi, je ne quitte plus Francis du jour et de la nuit, je ne fais même plus la différence, à vrai dire, entre le jour et la nuit. Francis ne dort quasiment pas, il vit à une cadence infernale, peut s'emballer à tout moment, à 5 heures du matin comme à 23 heures, après manger : « Emmène-moi là-bas, il faut que je vérifie quelque chose. » Et nous partons en trombe.

Je ne suis pas en cavale, moi, mais je vis comme si je l'étais. Quand nous restons quatre jours dans une maison, quelque part, impossible d'en sortir ni d'appeler qui que ce soit par téléphone, et surtout pas ma femme. Nous changeons de voiture toutes les semaines, Francis les pioche directement dans des boîtes de location qu'il connaît ou bien utilise des prête-noms, comme moi.

Mais son obsession est loin d'avoir disparu. En clair, il est plus que jamais à l'affût de la moindre information qui lui remonte sur Germani.

Un jour, elle finit par tomber. Au bout du fil : « Vous passez me voir ? » Son correspondant, très agité, a eu vent d'un projet immobilier en cours à Porto-Vecchio entre Michel Quilici, un concessionnaire de Porto-Vecchio, et Germani, qui va souvent lui rendre visite.

Ni une ni deux, dans la cervelle en feu de Francis, le projet est ficelé : nous allons nous rendre à la concession pour coincer ce Michel Quilici, l'interroger « gentiment », lui demander d'appeler Jean-Luc Germani pour lui dire de venir, le kidnapper et le prendre vivant.

Ce qui, pour Francis, ne sera évidemment qu'une étape avant la torture et la mort.

Il l'a tué à genoux

On m'écrase la poitrine à m'en étouffer. J'ai la respiration qui siffle, la bouche pleine de sang chaud, j'ai envie de rendre toutes mes tripes. Je voudrais hurler, rien ne sort. Je balance des coups de poing avortés dans l'air, en face de moi. Contre mon front, le visage halluciné de Francis. Cette fois, je le sais, je le sens, je vais y passer.

J'ouvre les yeux dans le noir. Je suis droit comme un cierge sur mon lit. Trempé de sueur. Je ne sais pas l'heure qu'il est, je ne sais pas où je suis à force de changer de lit, je ne sais même pas si j'ai dormi. Je n'entends que le marteau de mon cœur dans mes tempes, un bruit de forge dans la nuit. À tâtons, je cherche sur les draps à côté de moi. Mon Glock, il est toujours là. Je me suis endormi en le serrant contre moi.

Je secoue mon crâne de gauche à droite, refais lentement surface. Hier soir, je me rappelle, j'ai calé la grande armoire de la chambre contre la porte pour la bloquer.

Je gamberge à toute vitesse, ma tête se remplit à gros bouillons comme un lavabo. N'importe quoi, je donnerais, pour la vider, pour aspirer la boue qui me colle aux parois et s'amoncelle en surface. N'importe quoi, pour oublier. Oublier à tout jamais les dernières semaines qui se sont écoulées et l'horreur dans laquelle je suis embringué depuis que toute cette histoire s'est emballée.

Francis a fondu les plombs. Il a tué Richard et j'y étais, j'étais là, je ne peux pas le nier, même si je ne l'ai pas vu tirer. Dans le ciel corse, son assassinat a laissé une sale traînée qui annonce le pire des cataclysmes. Francis a sonné le glas de la Brise de mer, on ne sonne jamais le glas d'un mythe. Et moi, à présent, il va me falloir faire avec cette croix-là tout le reste de ma vie. « Tu ne te rends pas compte dans quelle merde tu es aujourd'hui. » Les mots de Francis dansent une gigue infernale dans ma tête.

Si, je m'en rends compte, je ne suis pas encore totalement fou, même si je préférerais l'être. De l'autre côté du mur, j'entends son ronflement. Il dort, ou plutôt il somnole, en lisière du sommeil, comme d'habitude. Je retiens mon souffle.

L'armoire que j'ai coincée contre la porte, le Glock, c'est à cause de lui. Cet homme que j'accompagne depuis maintenant un an, ce parrain corse qui m'a tellement fasciné alimente désormais tous mes délires nocturnes.

J'en ai une peur monstre, je suis devenu un bloc de paranoïa. À tout instant, il peut me tuer, moi aussi. Après Richard, il m'a dit en fanfaronnant, en comptant ses morts : « J'en suis à 54. Alors, un de plus ou de moins… »

Je ne peux plus aller nulle part, il me le dit tous les jours. Il a raison. Je suis fait comme un rat.

Après la mort de Richard, Francis a littéralement implosé. Il a tué Richard Casanova. Il a tué Daniel Vittini. Il a tué Jean-Claude Tasso. Trois cadavres en même pas six mois. Il est entré dans une autre dimension, quasi surnaturelle, dans laquelle il est devenu imperméable à tout raisonnement, à toute contradiction ; une zone-frontière entre la folie et la bestialité, où plus rien d'autre n'a de sens que de survivre, pour tuer.

Il répète comme un mantra qu'il veut débroussailler le chemin pour son fils Jacques quand il sortira de prison, enlever le maximum de personnes du Milieu qui pourraient le gêner.

« *Ci vole à cacciàlu !* »

Au soir de la mort de Richard, le téléphone a retenti. Au bout du fil, Christian Leoni, d'une voix que je ne lui avais jamais connue : « Il faut qu'on se voie. » Le signal du sommet de crise. L'état d'urgence décrété au sein de la Brise. L'un des leurs était à terre, assassiné par un autre des leurs.

Le nom de celui qui avait tiré, ils le connaissaient tous. En état de choc, Angelo Guazzelli, très lié à Richard, venait de quitter son frère Francis : « Mais qu'est-ce qui se passe ? On nous tire dessus ! » Son frère l'avait rassuré, sur le ton du murmure : « Ne t'inquiète pas, c'est Francis. »

Alors, après l'appel de Christian, ils ont tous rappliqué comme un seul homme, dans sa maison sur la plage, à Moriani. Tous, sauf Angelo.

Dans l'immense salon, autour des canapés de cuir, on aurait pu entendre le fracas d'une mouche sur la baie vitrée. Francis Guazzelli a passé la porte le dernier. Souverain, il s'est assis, lentement, il a posé ses deux mains sur ses genoux et il a attaqué Francis, avec des cailloux dans la voix. Il était le seul à pouvoir le faire. « Tu as fait n'importe quoi, Francis. Ce n'est pas ce qui était prévu. C'était Jean-Luc qu'il fallait enlever, pas Richard ! Lui, on l'aurait eu sous la main quand on voulait. Maintenant, si Jean-Luc ne meurt pas dans la semaine, on va tous être dans la merde, on va tous être obligés de se cacher. »

Parce que Jean-Luc, un tireur d'élite, chercherait par tous les moyens à venger son beau-frère Richard. Parce qu'ils savaient tous, dès lors, que c'en était fini de leur tranquillité, que leurs jours étaient comptés.

C'est seulement là que j'ai compris que la mort de Richard avait en réalité été validée par toute la Brise, à l'exception d'Angelo.

Ce grand tremblement de terre se préparait en sourdine depuis un moment. Mais pas dans l'ordre choisi par Francis : d'abord, il aurait fallu abattre Jean-Luc, le plus grand danger, puis Richard, qu'ils avaient à disposition vu qu'il venait chercher son argent tous les mois…

Et voilà que Francis, muré dans son sentiment de toute-puissance absolue, avait semé le désordre dans leur stratégie d'élimination.

Même la charge de Francis Guazzelli ne l'a pas fait vaciller, ce soir-là. Au contraire, Francis lui a répondu par l'arrogance. Il a répliqué que, de Jean-Luc, il s'en chargeait. Et il a reporté ses flèches sur le frère de Francis Guazzelli, Angelo : « Pourquoi il n'est pas venu, ton frère ? Richard, c'était une balance. Il défend les balances, Angelo ? Ça veut dire quoi ? C'est pas bien ce que j'ai fait ? »

J'aurais payé cher pour que la réunion se termine là. Elle m'a semblé interminable, comme un combat de chiens qui se déchirent la peau sous les vivats de la foule jusqu'à ce que mort s'ensuive. Si, ce soir-là, Francis avait pu planter un pieu dans le cœur de ses amis et contradicteurs, il l'aurait fait.

Plus que jamais, il voulait qu'on le craigne. Et moi, plus que jamais, j'étais prisonnier d'une impasse sans issue de secours. Non seulement, je lui étais redevable, mais je devenais aussi impliqué dans le meurtre de Richard Casanova. Cela changeait tout. C'était cent fois, mille fois pire.

À présent, je ne pouvais plus reculer nulle part. Toute la journée, le cerveau en orbite, je marchais dans les pas de Francis comme sur une chaussée verglacée, dans une angoisse totale qui ne m'a plus jamais quitté.

Je ne sais jamais ce qu'il va faire. À tout moment, il peut sortir son Glock et flinguer une vie. Même ses amis de trente ans ne veulent plus venir aux rendez-vous qu'il leur fixe, ou alors groupés, tellement ils ont peur.

Quand, à sa demande, j'organise une rencontre sur une route isolée avec José Demasi, le batelier de Porto-Vecchio qui a eu le tort de prendre un peu ses distances, aussitôt, je vois la mort sur José. Un jour ou l'autre, il va lui en filer une. De fait, une nuit, Francis est allé brûler son bateau de promenade en mer, en guise d'avertissement. José a eu de la chance.

Avec Christian Leoni aussi, la tension n'a cessé de grimper en flèche. À tout moment, Francis pique des crises de colère contre lui, et moi, j'ai la boule au ventre rien qu'à l'idée de convoquer Christian sur un parking.

Christian n'est pas fou. Il avertit toujours deux ou trois personnes avant de venir.

Désormais, tout peut mal finir. Même une banale sortie au restaurant. Un soir, alors que nous dînons dans une auberge de Solenzara, le patron pose un peu négligemment sur la table la soupe corse à base de viande, de gros haricots et d'os de jambon cuit que Francis a commandée : « *Tè a to suppa* [Tiens, ta soupe] ! » Sous la casquette et les lunettes de vue qui le dissimulent, je vois Francis esquisser une grimace qui a pour effet de me tordre instantanément les boyaux. Je la connais trop bien.

Le patron repart en sifflotant, Francis touille son ragoût en marmonnant : « *Tè a to suppa... Tè a to suppa* », et moi, le col dans les épaules, je me dis qu'il va y avoir un carnage si je ne dégèle pas l'atmosphère. Alors, quand le patron revient et demande, jovial : « Il est bon, mon jambon ? », j'en fais des tonnes sur la qualité de sa viande, tant et si bien que, à la fin, l'effronté revient avec une bouteille de myrte qui détend enfin l'ambiance : « Allez ! C'est ma tournée ! »

Mais à peine quelques heures plus tard, vers Ghisonaccia, alors que nous roulons dans la Peugeot 407 de Charles Fraticelli, nous tombons sur un barrage de gendarmerie, avec contrôle de l'alcoolémie, papiers et tout le reste. Francis en cavale, il est hors de question de nous arrêter. Il me presse : « Serre à gauche, serre à gauche. Ne t'arrête pas ! » J'obéis, je mords le rond-point et passe tranquillement, comme si je n'avais pas vu les képis. Un gendarme me fait de grands signes avec la main et commence à nous courir derrière. Je l'ignore. Francis, qui l'a vu dans le rétroviseur, m'aboie dans les oreilles : « Arrête-toi ! » Je sais très bien que, si je m'arrête, il y aura un mort sur la chaussée, alors je me cramponne au volant et j'écrase mon pied sur l'accélérateur.

J'escorte un enragé et je ne sais plus très bien si c'est sa vie, la mienne, celle des autres, ou bien tout à la fois, que je dois sauver. Jusqu'à quand, jusqu'où je vais le suivre comme ça ? Au départ, je savais très bien ce que j'encourais à me promener armé et à jouer le garde du corps de Mariani en cavale. Je savais très bien qu'il y aurait sans doute trois ou quatre ans de détention à la clé. Mais jamais je ne me serais imaginé, en cette fin d'année 2008, pédaler dans une telle roue.

Jamais je n'aurais pensé que nous irions aussi loin sur le chemin de la mort.

Ce 3 juillet 2008, un grand soleil irradie les nuages accrochés au Monte d'Oro qui toise la vallée. Un décor brut de premier matin du monde.

Je retrouve Francis sur les pentes de Vivario, un petit village de montagne, devant le restaurant « Le Chalet », réputé pour sa terrine de figatellu et ses eaux-de-vie. Je dois lui remettre une enveloppe de 10 000 euros prélevée le matin même au bar des Sports, à Ajaccio. Pour une fois, Francis sifflote, il est détendu. Il m'invite à déjeuner en terrasse au Torrent, un hôtel en bord de rivière, un peu plus loin, à Venaco, un pied-à-terre idéal pour les randonneurs qui veulent attaquer les sommets alentour. Le soleil tape, nous commandons du rosé et Francis me dit, en sirotant son vin : « Cet après-midi, il faut que je voie Daniel. Tu vas aller le voir et tu lui donnes rendez-vous où on se voit d'habitude. »

Daniel Vittini, c'est un très vieil ami à lui, un grossiste en boissons qui a toute la confiance de la Brise et gère, pour son compte, les machines à sous, les débits de boissons et les discothèques de la région de Corte. Un Christian Leoni bis qui a plus des airs de tranquille commerçant que de bandit patibulaire. Daniel, je le connais bien, je l'ai rencontré en 2000, en prison, où il purgeait une peine pour blanchiment. Un type agréable qui parlait avec tout le monde.

Francis veut le voir pour lui parler de la discothèque L'Aventure, à Corte, qui leur appartient, mais ne rapporte plus rien. Il va falloir rouvrir le dossier.

Le déjeuner fini, je file à l'entreprise de Daniel, à Corte, pour lui porter le message. J'arrive à moto sur le parking de Corte Distribution, Daniel m'accueille en polo et en short, débonnaire, comme toujours. « Francis veut te voir. » Daniel me demande si c'est vraiment pressé, parce qu'il a un avion à prendre le soir même. Je propose de reporter. Mais non, il se ravise, il va venir. Nous voilà repartis, moi à moto, lui me suivant dans sa Renault Kangoo, en direction d'une ancienne carrière à Poggio-di-Venaco, entre Corte et Aléria.

C'est là que doit se tenir le conciliabule, sur un immense parking calcaire, cerné de maquis, où Francis déboule une minute plus tard, en casquette et lunettes noires. Le soleil se réverbère sur les canettes vides qui jonchent le sol, le cagnard nous chauffe la tête. Les deux hommes se font la bise, commencent à discuter. Moi, je les laisse là pour reprendre ma moto et rentrer chez moi, en direction d'Ajaccio. Je vais pouvoir souffler deux minutes, enfin. Sur la route, je m'arrête boire une bière dans un troquet.

16 heures. Je suis tranquillement installé au comptoir quand la voix de la radio qui crépite dans le mauvais haut-parleur au-dessus de la machine à café, charriant son lot d'accidentés de la route, de cambrioleurs et de corrompus, me fait dresser l'oreille.

« Un homme assassiné par balles dans une carrière entre Corte et Aléria. »

Derrière son comptoir, le loufiat à l'air éreinté de lassitude me regarde d'un air bizarre. Mon verre m'a échappé des mains et la bière s'écoule sur le bar comme un filet d'eau tiède.

J'ai l'impression de me vider de mon sang. La radio n'a pas cité son nom, mais j'ai compris d'emblée. Des carrières entre Corte et Aléria, il n'y en a pas douze. Cet homme, c'est Daniel Vittini.

Je ne le crois pas. Ce n'est pas possible. Comment Francis a-t-il pu recommencer, après Richard ? Quand je suis parti, Daniel était vivant ! Et tout le monde m'a vu chez lui, pour aller le chercher ! Même pas trois mois après le meurtre de Richard, je me retrouve encore aux premières loges de la mort.

C'est une hallucination.

Je remonte comme un fou sur ma moto. Je n'ai jamais avalé en si peu de temps la route en lacets qui monte jusqu'à la maison de Charles Fraticelli, à Aléria. Francis y sera, à coup sûr, et il va m'entendre !

Il est là, tranquillement assis sur un fauteuil dans la véranda qui donne sur les champs d'artichauts, en train de fumer. J'ai les nerfs fusillés : « Mais qu'est-ce que tu me fais ? Tu te rends compte que tout le monde m'a vu là-bas sur le parking ? Pourquoi tu as fait ça ? »

Il ne bouge pas un cil derrière ses lunettes de soleil et, glacial, me crache sa fumée à la figure : « Tu ne vas pas commencer à pleurnicher pour ça, si ? Si tu n'es pas content, tu sais qu'il y a aussi un chargeur pour toi. » Avant d'ajouter en hurlant : « Vous croyez quoi ? Maintenant, c'est comme ça, tous ceux qui filent tordu, ils reçoivent ! »

Je ne dis plus rien. Il n'y a rien à dire. Je ne pourrai jamais lutter avec lui. À côté, le pauvre Charles, qui a accouru en m'entendant arriver, balance, debout, l'échine cassée en deux, entre l'horreur et la sidération.

Francis a tué son ami de trente ans de deux balles dans le dos, trois dans l'abdomen et deux dans le coude, car Daniel, à genoux, a voulu se protéger. Il a aussi tiré par deux fois dans sa tête, dont une à bout touchant. Le corps de Daniel Vittini, en polo blanc maculé de sang et short bleu, a été retrouvé par deux apiculteurs.

La vérité, c'est que Daniel Vittini est mort pour rien. Je n'avais jamais entendu Francis avoir un mot contre lui. Après coup, pour se justifier, il s'est mis à le traiter de tout, à sortir des querelles d'affaires, et puis de vieilles rancœurs. Le fils de Daniel, Alexandre, avait été poursuivi avec le fils de Francis, Jacques, dans l'assassinat de Nicolas Montigny, mais il avait été acquitté, alors que Jacques avait écopé de quinze ans de réclusion. Francis n'avait pas digéré qu'ils fêtent l'acquittement au champagne.

Un silence tendu est retombé dans la véranda. Charles balbutie qu'il doit partir fermer son tabac, à Aléria. Il est méconnaissable, le tranquille buraliste qui vivait de son tabac et de quelques bungalows loués dans un camping. Usé jusqu'à la corde. De part et d'autre de ses lèvres, deux rides amères paralysent ce vieux visage que n'éclaire plus aucun sourire. Je suis le seul à le voir craquer, de temps en temps, en voiture, épuisé par le voyage insensé que lui fait vivre Francis : « Moi, avant, je vendais des cigarettes, et maintenant... Je n'y arrive plus, je n'en peux plus... »

Francis Mariani n'a pas laissé que des cadavres derrière lui, il a aussi éteint des âmes, à commencer par la mienne.

En route pour le tabac, Charles n'a pas desserré les lèvres dans la voiture. Soudain, je le vois trembler de tout son corps sur son siège et exploser en sanglots, roulé en boule, le visage enfoui dans ses genoux. « Il est devenu complètement fou... Il ne se rend pas compte. Comment je vais faire, moi, maintenant, avec Christelle ? » Je ne sais pas quoi répondre. Christelle, c'est la femme de Daniel Vittini, que Charles connaît bien : elle a un office notarial en face de son bureau de tabac. Charles et moi, nous savons très bien que, dans deux jours, toute l'île saura, bien avant les flics, le nom de l'auteur de l'assassinat de Daniel Vittini. Et Charles, son supposé complice, croisera le regard de sa veuve tous les jours, dans la rue.

À l'ombre des clochers, les fantômes des morts croisent les vivants. Ainsi va la vie, en Corse.

Charles n'est pas au bout de ses peines. Francis l'enverra même à la veillée aux morts de Daniel, à Corte. Moins pour présenter ses condoléances que pour laisser traîner ses oreilles et savoir ce que dit la rumeur. Charles en reviendra malade. Quant à moi, comme je l'avais prévu, je serai mis en examen dans cette affaire, sous le statut de témoin assisté, mais l'enquête démontrera que je n'étais pas présent lors de cet assassinat et j'obtiendrai un non-lieu. Amère victoire.

Après le meurtre de Daniel, j'ai l'âme brûlée au fer rouge. Quant à Francis, lui, il est bien conscient que la nasse se referme lentement sur lui. Son nom circule sur toutes les lèvres comme celui de l'assassin. Même sa femme, Pascale, qui est amie avec la veuve de Vittini, se risque à aborder le sujet avec lui : « Il paraît que c'est toi qui as tué Daniel… »

Un jour, la police débarque chez lui en perquisition, embarque les chaussures qu'il portait le jour du meurtre. Francis semble cerné de partout, et moi, nuit après nuit, je cale l'armoire contre ma porte et je rêve d'ombres qui s'allongent en file indienne.

Quatre mois après Daniel, un autre le suit dans la tombe. Jean-Claude Tasso, un relais de Richard et de son beau-frère Germani dans les machines à sous sur Aix et l'étang de Berre. Francis est alors à Aix-en-Provence avec un ancien nationaliste et d'autres, sur les traces de Jean-Luc Germani. Par chance, moi, je suis en Corse.

Ce 12 octobre 2008, Tasso rentre chez lui dans sa Clio grise, à Grans, à une quarantaine de kilomètres d'Aix, après avoir pris un verre en ville avec sa femme. C'est elle qui a eu l'idée de ce déplacement à Aix, qui n'était pas prévu. Mal lui en a pris. Leur route croise, totalement par hasard, celle de Francis, qui est alors en planque pour loger Germani. Tasso se gare deux voitures devant lui et Francis, qui ne l'a pourtant pas vu depuis dix ans, le reconnaît immédiatement… Les autres se mettent à le filocher à moto, Tasso les mènera peut-être sur la piste de Germani. Vers 17 heures, sur la route de Galice, à l'entrée de la cité Corsy, Tasso s'effondre dans son sang sur le volant, perforé de douze balles tirées par Francis.

Quatre mois après Daniel Vittini, un de plus sur le rosaire de Mariani. Je l'apprends à son retour en Corse : « Maintenant, c'est fait, on ne peut plus revenir en arrière. » Aucun remords, aucun état d'âme. Il ne sera jamais condamné pour ce meurtre, pas plus que pour les autres. Moi, je me retrouverai, encore, poursuivi pour cet homicide, et j'obtiendrai un non-lieu. D'autres, bien présents pourtant, ne seront jamais inquiétés.

En cette fin d'année 2008, mon estomac, truffé d'ulcères, ne cesse plus de me torturer. Une pince coupante me comprime les boyaux à toute heure du jour et de la nuit. Je n'en peux plus de tous ces morts. Je n'en peux plus de Francis. Je me sens couler à pic, moi aussi, comme du fil à plomb.

Sur la route, de retour de chez Charles, après une énième réunion avec Francis, je me retrouve souvent au volant de ma voiture à errer pendant une heure, deux heures, je roule dans la montagne, je m'arrête parfois sur un bas-côté, le moteur en marche, la tête dans les mains, le cœur au bord du vide. Je veux rentrer chez moi le plus tard possible, quand il fait noir, je me glisse dans le lit quand tout le monde dort, tel un fantôme qui ne laisse sur l'oreiller aucune empreinte, aucun souvenir.

Je ne vois pourtant presque plus ma femme depuis des mois. Mais je n'ose plus la regarder en face, à force de lui mentir. Je ne supporte plus de cacher d'un rideau opaque la moitié de ma vie à la personne qui la partage. Je ne supporte plus de serrer dans mes bras mes petites, empuanti de mort. Le matin, devant leur bol de cornflakes, je leur raconte des journées qui n'existent pas. J'ai une double vie, mais pas celle que l'on croit.

Je n'ai cessé d'excuser mes absences au nom de cette amitié qui me lie. Mais, tous les matins, ma femme me voit passer la porte avec un gilet pare-balles sous mon tee-shirt, elle le voit posé la nuit au pied du lit. Elle sait que je me promène avec un Glock. Elle ne me pose pas de questions, car elle sait que je n'y répondrai pas. Combien de tourments muets se cachent derrière ce doux visage, ce front clair barré d'ombres ? Jusqu'où va me mener cette vie de mensonges ?

Alors, la nuit, mon cerveau tourne à l'infini.

Il va me falloir fuir, avec ma femme et mes enfants. Partir de cet enfer, sans se retourner. C'est la seule solution.

La seule issue, pour ne pas mourir complètement. Mais où aller ? Par quel moyen ? Et comment va le prendre Francis ?

Devant moi s'ouvre une fenêtre inespérée. En ces jours d'octobre, Francis est de plus en plus souvent en déplacement à Aix-en-Provence, sur les traces de Jean-Luc Germani. Il me demande moins. Quand il revient, il m'appelle immédiatement sur le téléphone à carte prépayée qui nous relie : « Descends aux artichauts » – le mot de ralliement pour la maison de Charles, cernée de champs d'artichauts. Mais je commence à inventer des prétextes, des choses à faire, je dis que je dois m'occuper de mes filles. Il raccroche. Me rappelle. Le temps s'étire comme un goutte-à-goutte qui n'en finit plus.

Francis est un prédateur qui renifle la moindre faiblesse, détecte la moindre brisure. Et il me voit, sans doute, rétropédaler en silence, avec mes cernes de nuits blanches, mes yeux qui s'enfuient de tous les côtés comme une armée en déroute. Il s'en délecte, même. Jusqu'à ce que, un matin de ce début du mois de décembre, il me coince dans le salon, chez Charles. Il a un service à me demander. Ça concerne notre ami Tony Patacchini, le notaire qui lui a « mangé » 600 000 euros. Je dois le monter au col de Bocognano, cet après-midi. Je me fige face à lui, parcouru par un long fluide glacial.

Il est arrivé, le moment que je redoutais. Des semaines que je sens les mâchoires de Francis se refermer lentement sur Tony, à cause de cette foutue dette. Cet idiot a eu la bêtise de penser que Francis ne s'apercevrait pas qu'il lui a « emprunté » 600 000 euros. Tony, ce n'est pas un mauvais type. Il n'a jamais touché un calibre, et la trouille d'y passer ne le quitte plus, lui non plus.

Il y a peu, Francis lui a demandé d'aller le chercher à l'aéroport, mais, à l'arrivée, pas de trace de Tony. Il s'était gavé de médicaments et avait dû être hospitalisé en psychiatrie. Il avait choisi le suicide pour échapper aux foudres de Francis. Mais, avec Francis, mieux vaut ne pas louper son suicide. Une fois que Tony est sorti de son hôpital, Francis, furieux, s'est fait un malin plaisir de le reconvoquer, chez Charles. Ce jour-là, pas de Tony non plus. Il s'était coupé les veines avec un couteau à pain… Francis a alors envoyé sa femme à l'hôpital s'enquérir de sa santé, et surtout de ses sous. Elle lui a rapporté que Tony avait bouffé tout l'argent : « Il n'a plus rien. » Francis, abasourdi : « Comment ça, plus rien ? Il me reste quand même assez pour m'acheter des cigarettes ? – Non, il faudrait que tu arrêtes de fumer. »

Depuis, Francis ne décolère plus. Tous les jours, je le vois marmonner comme un possédé et, le connaissant, je sais que tout ça va forcément mal finir. Monter Tony au col, sous le ciel, à l'abri des regards, cela signifie qu'il en descendra les pieds devant, dans le coffre de la voiture.

Machinalement, je me suis écarté d'un bon mètre de Francis et je m'entends lui répondre comme une poupée mécanique : « Envoie n'importe qui le chercher. Moi, je ne le monte pas au col. »

Dans ce labyrinthe de mort et de honte, j'aurai au moins sauvé la vie d'un homme.

La fuite

Cette première semaine de décembre 2008, je suis à l'agonie. Dans le brasier de mon cerveau, je n'ai pas cessé de larguer les amarres, d'échafauder tous les scénarios possibles et imaginables pour m'enfuir, et Francis me demande de l'emmener à une réunion de la Brise. Impossible de me défiler. Les barons ont à causer entre eux, c'est leur sommet de fin d'année, ils vont se partager les parts du gâteau.

Cette fois, je n'aurai pas le droit d'y assister. Quand il s'agit de compter les dividendes des affaires, la Brise n'admet jamais personne en son sein.

Midi. J'arrive avec Francis chez Christian Leoni, à Moriani. Je n'ai pas soufflé mot du trajet. Le grand portail coulisse, je me gare pour laisser Francis en descendre. Derrière nous, sur le parking, ils sont tous en train d'arriver les uns après les autres en faisant ronfler leur

Porsche à 300 000 euros. Maurice Costa, Francis Guazzelli, Pierre-Marie Santucci. C'est le défilé des grands ducs.

C'est aussi le dernier sommet de leur puissance à l'agonie, mais ils ne le savent pas encore.

Derrière les vitres fumées de la BMW blindée, je les regarde, un à un, ces hommes que j'ai si consciencieusement servis, ces légendes familières au visage patiné, comme si, tout à coup, j'étais brutalement sorti de l'écran. Comme si, subitement, je leur étais devenu étranger. Vitrifiés dans leur morgue, leur parfaite indifférence au monde, ils sont devenus leur propre statue et plus rien ne les fera descendre de leur piédestal que la *mala morte*.

Je les regarde et je sais que c'est la dernière fois que je les reverrai.

C'est à cet instant précis que j'ai décidé de m'extirper de cet enfer.

Ce soir-là, je suis rentré à fond de train chez moi, mû par un sentiment d'urgence absolue. Les filles couchées, j'ai dit à ma femme que je voulais lui parler. Nous nous sommes assis à la table du salon, j'ai pris une profonde respiration, je me suis lancé. Et j'ai fait sauter la sangle qui m'étranglait.

Je lui ai avoué, à bout de souffle, que je n'en pouvais plus de cette vie-là, que j'étais en danger, que tout devait s'arrêter. Je devais partir, nous devions partir. Pourquoi ne pas aller passer les fêtes de fin d'année chez nos amis suisses ? Pourquoi ne pas nous y installer, ensuite, dès que possible ?

Ma femme m'a écouté sans rien dire. Je n'ai pas voulu parler de Casanova, je n'ai pas voulu briser tous les secrets qui m'oppressaient pour ne pas la lier au danger, la rendre complice d'un tribut que je devais être le seul à payer. Je ne pouvais pas tout dire, pas encore. Mais, à son regard, j'ai compris qu'elle avait su déchiffrer les blancs, les non-dits de mon monologue. Doucement, elle a posé sa main sur la mienne, et elle a approuvé. On allait partir, oui.

J'ai senti une larme invisible couler le long de ma joue. Immobile, incapable de faire un geste, j'étais comme paralysé par la vague de chaleur qui m'envahissait. En un geste, c'était comme si ma femme m'avait rendu l'humanité que j'avais perdue. Elle ne doutait pas de moi. Elle m'avait repêché au fond de mes ténèbres.

Le lendemain matin, je suis allé voir un ami travaillant à la SNCM pour prendre des billets de bateau pour Marseille. Trois jours plus tard, nous avons fermé les volets de notre maison d'Ocana et puis nous sommes partis. La veille, j'avais dit à Francis que je partais me mettre au vert pour les fêtes, je ne savais pas quand je reviendrais. À sa tête, j'ai bien vu qu'il pensait que je faisais un caprice et que je rappliquerais d'ici peu. Il s'est trompé. Ma décision était irrévocable.

Nous avons passé une quinzaine de jours chez mon ami Georges, transporteur routier, un petit homme aussi rond que trapu, qui nous avait réservé l'appartement attenant à sa maison de 500 m^2 à Vandœuvres, près de Genève. Mes filles ont poussé des cris de joie devant un tel luxe, moineaux voletant de pièce en pièce. Pour moi, le luxe résidait surtout dans le fait de relâcher la pression. Ne plus porter de gilet pare-balles, ne plus regarder en permanence autour de moi, devant, derrière, dans le rétroviseur. Deux ans de réflexes incrustés dans mon subconscient. J'ai dormi, beaucoup, mon estomac s'est apaisé. Nous avons réveillonné, avec Georges et sa famille, dans une douce ambiance de Noël. Un semblant de vie normale nous tendait enfin les bras.

Georges connaissant bien Francis, j'avais voulu être clair. Je lui avais précisé, dès mon arrivée, que je voulais couper avec lui et le Milieu, définitivement. Georges ne m'a pas posé de question et m'a même promis de m'aider, pour la suite, dans les tâches administratives qui nous permettraient de nous installer en Suisse. C'était mon horizon. Mon obsession, désormais.

Mais on ne coupe pas aussi facilement les racines du mal.

Le séjour tire à sa fin. Je rallume mon téléphone, que j'ai gardé éteint durant quinze jours. Le répondeur est saturé. Francis m'a bombardé de messages plus énervés les uns que les autres.

La Suisse n'était qu'une brève accalmie. Il va nous falloir rentrer en Corse, avant de revenir nous installer ici. Ma femme doit encore démissionner de son poste, il va nous falloir mettre la maison en vente et régler toutes les formalités du prochain départ. Le vrai, le définitif.

4 janvier 2009. Nous avons à peine posé le pied chez nous que le marigot corse se rappelle à moi. Gros titres. Trottoirs souillés de sang. Sirènes hurlantes. La même histoire, sans cesse recommencée.

Hier, Thierry Castola, un pompier dont le père était un ancien compagnon de route d'Alain Orsoni et proche de la bande du Petit Bar, a été assassiné au sortir d'une partie de cartes, à Bastelicaccia, sur les hauteurs d'Ajaccio. Parmi ceux qui seront mis en examen – puis acquittés – : David, mon ancien complice de vols, celui qui m'a vendu les armes pour Francis.

J'ai envie de vomir. Mes ulcères ont recommencé à me tenailler. Et mon téléphone qui n'arrête pas de sonner, à la maison. Francis ne cesse de me faire appeler par Tony le notaire pour demander ce que je fabrique, je dois passer le voir. Je fais la sourde oreille. Je ne veux plus rien savoir, je ne veux plus avoir affaire à ces histoires. Et surtout, par-dessus tout, je me hais. Pourquoi n'ai-je pas eu le courage de prendre cette décision plus tôt ? Pourquoi ?

Mais rien n'est encore gagné. Mon passé finira par me rattraper, tôt ou tard, je le sais. Et je ne suis pas sûr que Francis ne va pas débarquer un matin avec son regard allumé, pour me trouer la cervelle.

Ce matin du 13 janvier 2009, la télévision est branchée sur LCI depuis mon réveil avant 6 heures, comme toujours, quand, alors que je me lève du canapé pour me faire un café, mon œil est happé par un sous-titre qui défile : « Une explosion dans un hangar, en Corse. Deux corps calcinés. »

Je m'approche, scotché aux images projetées à l'écran. Ce hangar, je le connais ! Il est situé sur la commune de Casevecchie, entre Aléria et Ghisonaccia ; Francis s'en servait comme d'un point de chute pour stocker des voitures et des armes. Mais qu'a-t-il bien pu faire ? Aurait-il kidnappé Jean-Luc avant de le tuer et de mettre le feu au hangar ? Le palpitant en fibrillation, je tourne et retourne devant ma télé, imaginant tous les films possibles, loin de m'imaginer le bon.

Quelques jours plus tard, la nouvelle me fait l'effet d'une bombe à fragmentation. L'un des corps sans vie dans le hangar, ce n'est pas celui de Jean-Luc Germani, mais… celui de Francis. C'est sa femme, Pascale, qui l'apprend à la mienne. Je ne manifeste aucune réaction, aucune émotion, rien. Mais, dans mon for intérieur, je brûle. J'exulte d'un soulagement qui s'apparente à une suprême délivrance. Ce que je n'attendais pas, ce que je n'aurais même jamais espéré, est arrivé.

À 59 ans, Francis Mariani a fini déchiqueté. Dans sa chute, il a emporté le grand livre de la Brise de mer, il a tiré un trait sur une sanglante épopée qui ne pouvait que finir dans le mur. Les deux boss de la mafia corse ne se sont suivis que de quelques mois au fond de la tombe. Et les survivants de la Brise peuvent d'ores et déjà faire le signe de la croix, ils le savent. Le sommet décapité, Jean-Luc Germani dans la nature et obnubilé par la vengeance, le gang le plus mythique de ces dernières années jette, dès lors, ses derniers feux. Bientôt, il sera complètement décimé.

De fait, si tout le monde croit, pendant longtemps, à la thèse d'un accident, pour ce qui est du hangar, moi, je n'y ai jamais cru. La dernière fois que je m'y suis rendu avec Francis et Charles, il n'y avait, à l'intérieur, aucun engin explosif. Toutes les bombes télécommandées que Francis avait fait préparer en prévision d'un attentat contre Germani étaient en possession d'un ancien nationaliste proche d'Alain Orsoni, un spécialiste en explosifs qui était rentré avec d'autres braqueurs dans le cercle de Francis, en 2008. Il avait fabriqué pour lui plusieurs bombes. Des boîtes rectangulaires en plastique, aimantées, qui pouvaient se coller sous une voiture. Elles n'ont pas servi et, peu après l'explosion de Francis dans le hangar, l'homme a lui aussi disparu des écrans-radar.

Francis a été assassiné, cela ne fait aucun doute. Mais, pour ce crime comme pour tant d'autres, je le sais, la justice ne trouvera jamais de coupable.

À côté de Francis, l'autre cadavre était « inconnu des services ». Il ne l'était pas de moi. C'était ce malheureux Charles Fraticelli. Le tranquille buraliste a fini sa vie le tronc brûlé dans un hangar, aux côtés d'un grand criminel. Bien triste épilogue pour ce pauvre homme qui n'avait au départ rien demandé à personne.

J'ai voulu aller voir Francis une dernière fois, à la morgue. Son corps, trop abîmé, n'en a jamais bougé avant l'enterrement. Quelle étrange force m'a poussé là-bas ? Je ne sais pas. Peut-être voulais-je voir pour y croire. Mais, quand je suis arrivé sur les lieux, des voitures stationnaient en planque devant. À tous les coups, la police en surveillance. Alors, prudemment, j'ai fait demi-tour. J'ai préféré aller à la veillée.

En ce jour d'adieu au mort, à Sant'Andréa-di-Cotone, la maison de Francis, plongée dans la pénombre, est pleine à craquer. Beaucoup sont venus saluer le défunt, ou plutôt écouter ce qui se murmure, autour de lui. L'atmosphère est chargée. Visage muré, les traits de Francis, sa fille Pascale fait les cent pas, au téléphone avec son frère Jacques, en prison.

Moi qui ai partagé la vie de leur père, jour et nuit, pendant deux ans, je me sens perdu, parmi eux, déplacé dans cette douleur qui n'est plus la mienne. De la Brise, je cherche les visages connus, mais les rangs sont déserts. Seul Christian Leoni et son épouse sont montés, les autres sont en froid avec la femme de Francis. Les parrains se réservent pour l'enterrement, quelques jours plus tard.

Ce 17 janvier, les policiers scrutent dans leurs viseurs la longue foule endeuillée qui s'étire devant la petite église de Cargiaca, le village des parents de Francis. Il reposera là d'où il vient, de ce relief accidenté de l'ouest de l'Alta Rocca, sur les flancs d'une vallée encaissée où le Rizzanese s'écoule dans des gorges profondes comme des entailles.

Sous un ciel laiteux, des centaines de personnes se pressent autour du corbillard enseveli sous les fleurs et les couronnes. La famille, les amis, les anciens du village, les copains de rallye sont venus ressusciter leur défunt, le temps d'un baiser.

Les voyous, eux, se signent dans une paranoïa muette, le front barré de lunettes noires, craignant les répliques d'un séisme dont personne n'a encore mesuré toutes les conséquences. Francis Guazzelli ne rend pas les sourires furtifs qu'on lui adresse, Pierre-Marie Santucci, les nœuds des doigts durcis comme de la pierre, tend une main sèche à ceux qui s'approchent de lui. Les hommes du Petit Bar ne sont pas là, ils sont en cavale. Je n'y suis pas non plus. Trop dangereux.

À la fin de la messe, pendant que toute l'assemblée reprend en chœur un vibrant *Diu vi Salve Regina*, Francis Guazzelli, son frère Angelo, Pierre-Marie Santucci et Christian Leoni s'avancent d'un pas lent sur le parvis pour soulever le cercueil de leur ami. L'air sent l'encens et la poudre. Le sang se vengera dans le sang.

Entre les maisons basses témoignant de la tradition pastorale, la foule prend la direction d'un petit chemin de crête. Francis sera enterré dans ce petit cimetière accroché à la colline. Les croque-morts sont déjà là, prêts à leur triste office. Mais, autour de la tombe, un homme réclame le silence. Puis il brandit un téléphone devant l'assemblée et branche le haut-parleur.

Jacques, le fils de Francis, a tenu, de sa cellule, à faire un discours. Quelques secondes plus tard, sa voix retentit sous la voûte du ciel, clamant son amour pour son père, défendant la mémoire d'un homme qui avait le sens de la famille et de l'amitié. Francis Mariani pose le pied au seuil du paradis et son enterrement ferme un demi-siècle de légende.

Une ombre s'attarde au pied du caveau. Pierre-Marie Santucci. Écrasé de chagrin, il est le dernier à partir du cimetière. De tous ceux qui restent de la Brise, c'est lui qui était le plus lié à Francis. Sent-il, lui aussi, que tout son monde est en train de trembler sous ses pieds ? S'imagine-t-il qu'il pourrait être le prochain sur la liste ?

Avant la veillée, j'avais voulu aller le voir, chez lui, dans sa maison de Sorbo-Ocagnano. Je m'attendais à voir un homme défait par la mort de son ami, prêt à reprendre les armes. J'ai été stupéfait. Assis, le dos tassé sur son canapé, le regard vide, il avait l'air à bout de forces, comme s'il avait pris un uppercut en pleine tête. Tout le monde parlait alors encore d'un accident, pour le hangar, il voulait comprendre, m'a posé mille questions sur cet endroit qu'il ne connaissait pas, je lui ai expliqué ce que je savais. Quand je l'ai quitté sur le pas de la porte, il m'a presque fait de la peine. J'ai voulu le prévenir : « Tu sais très bien ce qui se passe, Pierre-Marie. Jean-Luc court toujours. Il faut que tu arrêtes de descendre de chez toi trois fois par jour, sans personne avec toi. » J'entends encore sa voix lasse me rétorquer : « Tu veux que je fasse quoi ? Je suis déjà arrivé à 50 ans, j'ai réussi ma vie, je vais faire quoi ? Me cacher ? S'ils veulent me tuer, qu'ils le fassent. »

À peine un mois après cette discussion, je viens d'acheter *Corse-Matin* dans une station-service quand le journal me tombe des mains : « Une figure de la Brise de mer assassinée. » Pierre-Marie Santucci.

Devant le guichet, je suis paralysé. Ni foncièrement surpris ni choqué. Juste paralysé. Comme si tout ce théâtre secret que j'avais côtoyé de trop près se défaisait inexorablement sous mes yeux, comme si tous ces personnages d'un empire mort-vivant valsaient comme des quilles sur un nouvel échiquier corse où les jeunes loups ont déjà pris la relève.

Ce soir du 10 février, il était un peu moins de 20 heures quand Pierre-Marie s'est écroulé en bordure de la nationale 193, devant Chez Fanfan, le bar où il venait de faire sa belote, comme tous les soirs, à une dizaine de kilomètres de chez lui, à Vescocato, au sud de Bastia. Un seul coup tiré en plein cœur.

Un légiste que j'ai croisé à l'Évêché de Marseille, par la suite, m'a dit que le sniper était positionné à environ 150 mètres et qu'il était très difficile d'atteindre Santucci, à ce moment-là entre ombre et lumière. C'était le tir le plus propre qu'il avait jamais vu dans sa carrière de légiste.

Les veillées mortuaires se suivent. Jean-Luc Germani se rend à celle de Pierre-Marie pour présenter ses condoléances. Sans doute veut-il se montrer aux derniers tauliers de la Brise, dont il ne reste qu'un carré. Et moi, le bon petit soldat, le témoin à la mémoire trop pleine, déboussolé par tout ce qui se passe.

Je ne sais pas quand je pourrai enfin partir d'ici. Je ne sais pas, moi non plus, combien de temps il me reste à vivre.

Le lendemain de la veillée de Francis, j'avais rendez-vous à Cervione, entre Bastia et Aléria, pour organiser ses obsèques. Je roulais au volant de la BMW blindée de Francis que sa femme avait voulu que je prenne pour me protéger, quand, arrivé à Aléria, j'ai vu une BMW X5 et une Mégane débouler derrière moi. La Mégane m'a doublé, au pas. Une fois devant, elle a essayé de me ralentir. J'ai déboîté à l'équerre.

Après dix kilomètres de course-poursuite à tombeau ouvert, j'ai pilé sur un bas-côté, bondi hors de la voiture pour me poster contre la portière, à bout de nerfs, Glock sur le capot en direction de mes poursuivants. Je les ai attendus. Ils ont fait demi-tour. Mais ce n'était qu'un début.

Cette route qui grimpe vers Bocognano, le hameau le plus haut de la vallée de la Gravona, avec en point de mire une chaîne de hautes montagnes, je l'ai parcourue combien de fois, avec Francis. C'est là qu'il voulait que je « monte » Tony, pour qu'il l'achève.

Ce matin du 19 février, je pense à cette histoire sur ma moto, à Pierre-Marie, tué il y a à peine une semaine, quand je remarque, sur le bord de la route, une Peugeot 307 à l'arrêt, un homme au volant et un autre à l'arrière. Sans doute la police. Elle finira bien par me rattraper, un jour. Pas très rassuré, l'œil dans le rétroviseur, j'accélère doucement. La Peugeot a démarré à mon passage et me suit. Mais il fait un froid de gueux, la route est verglacée et je suis obligé de ralentir dans les virages.

Tout à coup, j'ai à peine le temps de voir la Peugeot se projeter sur moi à l'arrière que je sens un énorme coup. Déstabilisé, je réussis à remettre ma moto droite et je fonce à mon tour, couché dans les lacets. Je manque de chuter sur une plaque quand, de nouveau, la Peugeot me percute. Éjecté, je roule au sol.

Les balles sifflent. Ils m'ont pris pour cible. Je réprime un cri aigu sous mon casque. Mon avant-bras, ma jambe et ma fesse pissent le sang. Ils continuent de tirer. *In extremis*, je réussis à franchir un muret et à sauter dans le fossé en contrebas de la route. Blotti sous un buisson, je dégaine mon Glock, la respiration coupée. J'écoute là-haut les pneus qui crissent, la voiture qui repart en trombe. Ils pensent que je suis mort.

Je m'agrippe à grand-peine aux branches pour remonter sur la route. Ma moto est fracassée, mais elle me servira pour faire quelques kilomètres en descente. D'épuisement, je finis par me garer sur un bas-côté et je me plante sur la chaussée pour arrêter un automobiliste. Un type passe et s'arrête, miracle, je lui demande s'il peut me redescendre à Ajaccio, j'ai eu un accident de moto, il me faut un médecin d'urgence. Il ne pose pas de question, met un blouson sur son siège pour le protéger. Quinze kilomètres plus bas, il me dépose à l'entrée d'Ajaccio où un ami, que j'ai appelé, vient me récupérer. Il va m'emmener chez un chirurgien que je connais, puisqu'il n'est pas question que j'aille à l'hôpital. En Corse, quand on se fait tirer dessus, on ne va pas aux urgences.

Je pourrais bouffer les draps de mon lit tellement j'ai mal. Derrière les rideaux tirés d'un appartement d'Ajaccio, le médecin est en train de me faire des découpes au bistouri pour m'enlever les morceaux de chevrotine qui criblent ma peau. L'anesthésie locale ne suffit pas. Voilà, c'est fini, me dit-il en me tendant du désinfectant, des antidouleurs et des piqûres antibiotiques que je devrai me faire tout seul, chez moi. Je ne discute pas. Je n'ai plus la force. J'ai l'âme et le corps d'un grand brûlé. Je voudrais juste que tout s'arrête.

Avant cette tentative d'assassinat, j'avais déjà décidé de couper les ponts avec la Corse et de partir en Suisse. Là, je n'ai plus le choix. À la maison, ma femme me voit revenir le bras et la jambe bandés, je ne peux pas lui dire que j'ai eu un accident de la route. On m'a tiré dessus, oui. Qui ? Je ne sais pas.

J'ai du mal à me justifier, je ne le cherche même plus, je sais juste que ce jour-là j'avais rendez-vous avec Augustin Valliccioni, un proche de Francis, à l'entrée de Bastia. Je suis aux abois. Je ne gagne pas d'argent. Mes filles, qui ont maintenant 1 et 4 ans, ont un voyou pour père, recherché par des voyous et par la police.

De fait, au début de ce mois de mars 2009, les flics descendent chez moi, à Ocana, pour m'interpeller dans l'affaire de ma société de construction corse, qui me vaut aujourd'hui une mise en examen pour abus de biens sociaux et banqueroute frauduleuse.

Ce jour-là, une quarantaine d'enquêteurs du groupe d'intervention de la BRI et de la Crim' déboulent à 6 heures du matin. Je n'y suis pas, je me planque chez un parent, mais, au retour, je peux difficilement ignorer leur venue. Ils ont cassé le portail et toutes les portes, qui étaient pourtant ouvertes. L'une de mes petites dormait à l'étage, ils l'ont traînée avec ma femme dans l'escalier pour la descendre dans le salon.

Mais tout cela sera bientôt derrière nous. C'est sûr.

À la fin du mois de mars, je repars en Suisse. Pour de bon, cette fois. Mon épouse, qui doit encore régler des formalités, m'y rejoindra deux mois plus tard avec les filles. Là, je suis hébergé par Georges, comme la première fois, en attendant que je trouve un appartement.

Comme promis, Georges m'aide aussi sur le plan administratif : il me fait un contrat de travail lié à ses sociétés en Suisse pour me permettre d'y devenir résident. En réalité, j'ai déjà retrouvé un emploi en France, de l'autre côté de la frontière, dans une société de sponsoring, GPC Motor, liée au monde des rallyes. Tous les jours, je fais le trajet depuis Vandœuvres, d'une quinzaine de kilomètres. Et je regagne doucement confiance.

Ma femme et mes filles sont arrivées. Je nous ai trouvé un joli petit appartement, dans le centre de Vandœuvres, avec deux chambres. Mon épouse a déjà noué des contacts avec une société de vente de fleurs en gros. Les petites sont inscrites à l'école pour la rentrée. Pour la première fois depuis bien longtemps, la vie normale que nous avons tant imaginée semble enfin se profiler. Francis, la Brise de mer, tout ce cauchemar s'éloigne. Même dans mes pensées les plus folles, je n'osais plus en rêver.

Ce 3 septembre 2009, il fait beau, je quitte notre appartement pour me rendre dans une carrosserie de Saint-Julien-en-Genevois, en Haute-Savoie, où je dois m'occuper des réparations d'un véhicule de rallye. Je m'arrête boire un café dans le bourg, je pense à ce que je vais dire au client. Je n'ai pas vu les deux voitures banalisées qui me suivent depuis un moment.

Une fois mes affaires réglées avec le carrossier, je regagne ma voiture, sur le parking, quand je me retrouve brutalement projeté au sol, face contre terre. Je n'ai pas le temps de crier que les menottes se referment sur mes poignets dans un claquement de pince coupante.

« Bouge pas ! Police ! » Une dizaine d'hommes cagoulés de la BRI de Lyon ont surgi des deux voitures et me maintiennent bien au sol. Je ne dis rien, je ne fais plus un geste. Je sais au moins que c'est la police.

« On t'arrête pour une affaire d'abus de biens sociaux. »

Ce n'est sans doute pas le seul motif. Ils ont sûrement des suspicions pour tout le reste et ils cherchent à me coincer. Une semaine plus tard, je suis rapatrié en fourgon blindé, sous les sirènes, dans la prison d'Ajaccio.

Mon cauchemar m'a rattrapé.

Repenti

Je n'en peux plus de ce phare braqué sur moi. Je ne sais plus dans quel sens me tourner, cette lumière blanche me crève le fond de l'œil. C'est voulu.

C'est la première fois que je me retrouve dans les sous-sols de l'Évêché, le commissariat de Marseille, au fond d'une geôle grande comme une cabine de douche. Rien d'autre que ce néon en face de moi, des vitres de part et d'autre, un banc de béton. Et cette sourde appréhension qui me contracte le ventre.

Ce matin, à ma grande surprise, on m'a extrait de ma cellule de la prison d'Ajaccio pour me signifier que j'étais mis en garde à vue dans l'assassinat de Jean-Claude Tasso, commis le 12 octobre 2008, à Aix-en-Provence. Un profond malaise m'a envahi. Je suis resté de marbre, j'ai dit que je n'avais rien à voir avec cette histoire, mais je sais qu'il y a des éléments contre Francis dans ce dossier. Et je me doute qu'ils ont des questions à me poser…

L'avion de la sécurité civile, le tarmac, le convoi avec les sirènes hurlantes, les flics cagoulés. Et voilà, on y est. Mon heure est arrivée. Le moment que je redoutais. Le début du grand flashback sur ma vie.

Je croyais que la Suisse allait me permettre d'effacer la bande et de tout recommencer à zéro, avec ma femme et les filles. Je croyais que je pourrais écrire une seconde vie comme sur du papier blanc. Quel imbécile. Je me suis lourdement trompé. On ne quitte pas la Corse comme ça, d'un battement d'ailes.

Il est 22 heures, ce 15 décembre 2009, et un policier vient me tirer de ma cave pour me monter à l'étage, celui de la Crim' de Marseille.

J'atterris dans un bureau où cinq policiers m'attendent alignés dans une immobilité minérale. D'une voix brève, l'un, sec comme un piquet, me prie de m'asseoir. Je m'exécute, l'échine un peu courbée, comme toujours, essayant de me composer la tête du type inexistant sur lequel rien n'a de prise.

La porte est entrouverte sur le bureau attenant. Des hommes y sont rivés à leur écran, casques sur les oreilles. Cela fait des années que je ne parle plus au téléphone, mais va savoir s'ils n'ont pas des écoutes contre moi. Un policier ferme la porte, me propose un café. Je hoche docilement la tête.

Assis derrière l'ordinateur, en face de moi, l'un d'eux me dit qu'il va retranscrire mes propos ; trois autres, des Crim' de Marseille et d'Ajaccio, sont manifestement là pour me poser les questions. Le dernier, au physique de notaire de province, un peu rond, me scrute derrière ses fines lunettes comme s'il voulait entrer dans mon cerveau. « Bruno Boudet, commandant de l'OCLO, l'Office central de lutte contre le crime organisé. J'arrive de Paris exprès pour toi. »

« Qu'est-ce que tu faisais le 12 octobre 2008 ? » J'écarquille les yeux. Je ne sais plus très bien. En Corse, peut-être, autour de l'anniversaire de mon père, ou bien en Suisse ? Ils prennent l'air ennuyé : un élément matériel montre que j'étais à Aix-en-Provence, ce jour-là. Pas très sûr de moi, je ne réponds pas.

« Est-ce que, dans ta vie, tu as eu des armes ? » Difficile de le nier. Ils s'engouffrent dans la brèche, me parlent plus précisément d'un Glock 9 mm. Puis, rapidement, de Francis Mariani. « Tu le connais ? »

Nous y sommes. Ils n'ont pas attendu bien longtemps. Ils savent que j'ai acheté des armes à David pour Francis, j'en suis sûr. Le soir de la transaction, je les ai manipulées et il doit y avoir une empreinte quelque part… Brutalement, alors que j'offre à leurs yeux la surface lisse d'un galet, je sens monter en moi une angoisse à hurler. Je les regarde à tour de rôle. Impossible de lire dans leurs pensées. Je suis au fond du bocal. Ils m'ont mis la main au collet et ils ne vont plus me lâcher.

Jean-Claude Tasso, Aix, le climat en Corse. Pendant trois heures, tout y passe. Ils me pilonnent. Dans le bureau, on n'entend que la course des doigts sur le clavier, ponctuée de grands blancs, les miens. Je tente des échappées par la droite, par la gauche. Dehors, la nuit s'étire, silencieuse. Leurs visages au front plissé trahissent une fatigue de plus en plus excédée. Des bandits corses, ils en voient passer des dizaines. Des types qui répondent pour donner l'heure ou ne parlent qu'en « off » à la machine à café, comme les politiques. Aucun de nous, ni moi ni eux, n'a encore idée de ce qui va bientôt se jouer derrière ces stores baissés.

Il est presque 1 heure du matin quand ils en viennent à leur cible : Casanova, la Brise de mer. Déjà, je n'ai pas beaucoup desserré les mâchoires, mais, cette fois, je me barricade. Bruno Boudet, immobile depuis tout à l'heure, esquisse alors un pas en avant et me crache à la figure, glacial :

« On a une preuve contre toi sur Tasso, mais il n'y a pas que ça. On en a aussi sur Richard Casanova, sur Daniel Vittini et sur le hangar. De toute façon, tu n'es pas près de sortir, c'est perpét' assurée, alors réfléchis bien.

– Pour le moment, je n'ai plus rien à dire. »

Je suis de retour dans ma cage vitrée. Un policier vient m'enlever ma veste, mes chaussures, mes lacets, ma ceinture. Ils ont peur que je me suicide. Sous le projecteur, je me recroqueville sur mon banc, trop petit pour s'allonger. J'ai mal partout. Tout cela n'est qu'un début, je le sais. Je suis là pour quatre-vingt-seize heures et j'ignore quel élément ils ont contre moi. Je ne sais pas si quelqu'un leur a parlé de cette fichue transaction d'armes après laquelle tout s'est emballé, je ne sais pas ce qu'ils ont sur Casanova… Il va bien falloir que je dise quelque chose, à un moment, mais quoi ?

6 heures du matin. Je n'ai pas fermé l'œil. Je me suis repassé chaque seconde de l'interrogatoire d'hier, chaque intonation, chaque silence. À force de côtoyer un Francis Mariani en éruption permanente, je suis devenu un expert en dissimulation, habitué à masquer mes sentiments, à les enfouir dans un arrière-conscient dont je n'ai même plus la clé, comme on oublie le fond du jardin où, enfant, on a enterré le chat mort. Ont-ils quand même repéré des failles ?

Un policier interrompt mes cogitations en cognant à la vitre. Il m'apporte un paquet de sablés avec un jus d'orange en brique. Je me jette dessus comme un affamé. Moins d'une heure plus tard, je suis de retour à l'étage de la Crim', devant les mêmes.

De nouveau, ils me bombardent sur Mariani, Casanova, la Brise de mer, l'abécédaire du milieu corse. Bruno Boudet, le commandant de l'OCLO, est toujours là, en retrait, qui me fixe de ses yeux noirs, m'ausculte des pieds à la tête, esquisse un sourire dubitatif. Un détecteur de mensonges à la française, je présume.

Il ne doit pas être loin de midi et je n'ai toujours rien dit. Ils échangent des regards entendus. Ont-ils senti, malgré tout, qu'au fond de moi quelque chose d'encore lointain, d'encore indécis, est en train de se lézarder ?

Depuis que j'ai décidé, il y a un an, de couper avec le Milieu et de fuir en Suisse, j'ai déjà pas mal cheminé dans ma tête. Je me suis arraché de la boue dans laquelle je me suis vautré pendant des mois, j'ai entamé, tout seul, le grand voyage sans retour, mais je me suis arrêté au milieu du gué. De l'autre côté de la rive, tout le monde m'attend : les flics, les juges, les anciens de la Brise, leurs ennemis. Tout le monde, à un moment, va me demander des comptes, les uns avec un renvoi devant le tribunal, les autres avec un flingue. Je suis comme un animal à la langue pendante.

J'ai été pris. Je n'ai plus aucune issue, ni devant, ni derrière.

Et si… je parlais ? Et si je me vidais de tout ce poids qui m'étrangle ? Je n'en peux plus de toute cette crasse qui me colle à la peau, de ce monde pourri de la mafia corse, de ce cortège de mort, de ce suaire que j'ai posé dessus. Je suis enseveli. J'ai touché le fond de l'humanité. J'en suis même sorti.

Je suis arrivé au terme de mon voyage.

Redescendu dans ma geôle, je suis allongé sur mon banc, la tête chauffée par le néon, les yeux mi-clos. Un profond silence m'habite. Le ciel brille comme un éclat de verre. Je flotte au-dessus de mon banc. La course de mon cerveau s'est arrêtée. Une minute, deux, peut-être plus. Je n'ai pas dormi depuis presque quarante-huit heures. Je vois, loin, très loin, la silhouette floue de ma femme, mes filles, ma grand-mère Marie qui me sourit, près de la table en chêne, les ruisseaux qui dévalent le maquis, je me vois sur les talons de mon père, la sacoche pleine de perdrix. Je me réveille en sursaut.

16 heures. Les policiers m'ont laissé mijoter trois heures.

Je me plante devant eux.

« C'est qui, le chef ? »

Ils me regardent bizarrement. J'ai bien compris que, le chef, c'est Bruno Boudet, le commandant de l'Office central de lutte contre le crime organisé, venu de Paris.

Il s'avance, circonspect :

« C'est moi, pourquoi ?

– Je voudrais qu'on discute. »

Bruno Boudet m'invite à le suivre dans le bureau d'à côté. Nous nous asseyons l'un en face de l'autre :

« Qu'est-ce que tu as à me dire ?

– Appelle le juge. Je peux te parler sur toute l'équipe de Francis Mariani et sur la Brise de mer. Je peux te fermer une dizaine de dossiers. »

Mon interlocuteur au visage d'ordinaire illisible semble tomber des nues. Je renchéris : « Je vais parler. Mais, en échange, je veux des garanties. »

J'ai décidé de franchir le pas qu'aucun voyou n'a jamais franchi dans le Milieu corse. J'ai décidé de briser l'omerta. Après tout, la vérité sera peut-être mon unique consolation. Mais je ne le ferai pas sans rien.

Je connais le traitement réservé aux repentis italiens, qui bénéficient de réductions de peine et d'une protection quand ils choisissent d'aider la justice. Je sais très bien que, pour mes anciens « amis », je deviendrai, à partir de ce jour, le pire des traîtres. Je sais très bien que tout choix comporte des risques et que celui-ci mettra en jeu ni plus ni moins que ma vie.

Alors je réclame, moi aussi, une réduction de peine, une protection et un changement d'identité, pour moi et ma famille. Et puis je veux passer ma détention à la prison d'Ajaccio, et non aux Baumettes, à Marseille. Pour me rapprocher de ma famille et pour ma sécurité.

Les Baumettes, c'est la jungle, j'ai trop peur d'y laisser la peau. Je me souviens encore d'un Corse que je connaissais, Thierry Cecchi, qui avait été assassiné dans sa cellule. Le compte-rendu de la pénitentiaire disait qu'il s'était pendu. Son autopsie, elle, avait révélé des hématomes partout, et notamment un coup très violent à la tête, qui avait causé sa mort.

Bruno Boudet a l'air tracassé : « C'est la première fois que ça nous arrive… Moi, je ne peux pas te donner des garanties sur la suite, mais je vais appeler le juge, je te promets. »

Personne n'a encore jamais raconté la mafia corse et la Brise de mer de l'intérieur. Mon cas s'annonce comme un cas d'école. Pour eux, je suis devenu une aubaine, inespérée.

Le policier a tenu parole. Le lendemain, le juge Guichard vient me voir dans mon sous-sol et, d'un air bienveillant, me rassure : « Vous savez, en droit français, il n'y a pas d'impunité. Si vous n'avez pas participé à l'assassinat de Tasso, alors vous n'avez rien à craindre… Et si d'autres choses aboutissent à des condamnations, vous pourrez bénéficier de réductions de peine. Quant à votre protection, nous avons des moyens pas encore totalement mis en place : un statut du repenti a été créé, mais le décret n'est pas encore paru. Mais il vous faut continuer dans les engagements que vous avez pris… »

En substance, le juge me dit : « Faites-nous confiance et signez les PV. » En tout cas, c'est ce que je comprends, d'autant que ces promesses, le juge, collègue de Guichard cosaisi sur mes dossiers, me les répétera, en janvier. Je serre chaleureusement la main de Guichard, le remercie. Je suis passé de l'autre côté du miroir et j'avance dans le noir qui ne m'effraie plus, à pas comptés.

À l'Évêché, le temps s'est suspendu dans une attente fébrile. Ça va et vient dans tous les sens, ça court à tous les étages, les téléphones sonnent de tous les côtés. Tous les effectifs de la Crim' ont été mobilisés pour vérifier, en temps réel, ce que je commence, dès le lendemain, à révéler. Mes relations avec Francis Mariani, sa tentative d'assassinat, la transaction d'armes, le faux plafond de l'hôtel de Venelles où Francis les a planquées…

Dans le bureau devenu confessionnal, je replonge dans mon passé, j'enlève, une à une, les couches de mes mensonges, j'éclaire, de l'intérieur, les gueules des fugitifs placardées au mur sous un entrelacs de flèches. Je fais lentement entrer les policiers dans un autre monde, dans la folie meurtrière de la Brise.

Suspendus à mes lèvres, ils me suivent, pas à pas, le clavier claque dans une course ininterrompue au fil de ce torrent murmuré qui se déverse sur une terre de silence. D'autres entrent et sortent du bureau pour récupérer les feuilles recensant les dernières infos, filent aux quatre coins de la Corse, à la hâte. Parti de l'assassinat de Tasso auquel je n'ai pas participé, le dossier enfle à vue d'œil sous leurs yeux incrédules.

Dans la rue, à Ajaccio, Tony Patacchini, l'ami de Francis dont j'ai livré le nom, est arrêté. Aussitôt placé en garde à vue, il confirme mes propos. Les policiers me confient alors l'élément censé me rattacher à l'assassinat de Tasso : ils ont retrouvé un mélange de mon ADN et de celui de Francis Mariani sur une douille. Je leur apporte l'explication : j'ai bien manipulé ces armes, au soir de la transaction. Et puis mes proches leur apportent la preuve que j'étais bien en Corse et non à Aix ce jour-là.

Je respire. La confiance entre eux et moi se noue. Ils veulent faire vite, avancer, encore, me faire parler, encore. Le temps leur est compté. La fin des quatre-vingt-seize heures de garde à vue est déjà là.

Je vais être présenté au magistrat pour être mis en examen. C'est ce que m'annonce, alors, Bruno Boudet : « Mais il ne faut pas en tenir compte, c'est la procédure, c'est comme ça que ça doit se passer. » Puis, comme prévu, il me promet Noël à la maison d'arrêt d'Ajaccio avant d'ajouter, sibyllin, que je devrai aller au bout de mes dépositions dans les autres dossiers. « Parce qu'on va se revoir. » Je m'en doute. On n'a pas encore approché l'œil du cyclone. Je sais que le bruit court, en Corse, que Francis a tué Richard, je sais aussi qu'on lui attribue le meurtre de Daniel Vittini. Je ne vais pas tarder à sentir le vent du boulet…

On me met mes PV sous le nez. Je ne les relis même pas, je signe, comme allégé, lavé d'un terrible poids. J'ai déchiré ma camisole. On m'enfermera, sans doute, mais parler sera la voie de mon rachat. Je vais payer pour ce que j'ai fait, mais la justice me protégera.

Je lui ai appris bien des choses dans un brouillard de connaissances éparses et d'amalgames, j'ai donné aux policiers des pièces manquantes de ce puzzle corse qui les empoisonne depuis des années. Et ce n'est qu'un début.

En janvier, en garde à vue cette fois pour l'assassinat de Richard Casanova, je lèverai le voile sur les caisses noires de la Brise, sur sa poule aux œufs d'or, le cercle de jeux Wagram, à Paris, sur ses salaires mirobolants, sur ses convois d'argent par les airs.

J'ouvrirai le livre d'or de la mafia corse.

En prison à Ajaccio

« Ainsi a fini la Brise de mer. » 13 janvier 2010.

Quatre pages pleines sous un titre qui claque comme un scoop. *Le Monde* dans les mains, assis sur le lit-couchette de ma cellule à Ajaccio, je lis et relis le titre à m'en sortir la rétine des orbites. Je ne le crois pas. Je suis en train de lire mes procès-verbaux dans le journal. L'encre de mes dépositions n'est même pas encore sèche, je viens à peine de quitter les policiers que mes auditions se retrouvent bombardées dans la presse, avant même que mes avocats n'aient pu les lire ! Le journaliste Jacques Follorou a eu mes PV entre les mains.

Fulminant de rage, perclus d'angoisse, je balance le journal à pleines mains contre le mur. Qui a bien pu balancer ces informations ? C'est ça, le statut du repenti à la française ? Tu parles en confiance à la justice et tu te retrouves en une du *Monde* ? On m'avait promis que mes confessions seraient protégées par le plus grand secret et voilà que je me retrouve à découvert comme jamais, jeté en pâture à tous ceux qui veulent m'abattre !

J'ai choisi de parler. J'ai choisi de lancer un pavé dans la mare de l'omerta. Et je suis déjà mort.

Ils n'en mènent pas large. Ils ne savent pas quoi me dire. Deux jours seulement après la sortie du *Monde*, je me retrouve de nouveau face aux mêmes policiers, pour ma troisième garde à vue. Cette fois, ils veulent m'interroger sur l'explosion de Francis Mariani dans son hangar. Et ils ont accéléré la convocation de peur de me voir me fermer comme une huître, après cette incroyable bavure : « Ce n'est pas normal, cette fuite, on ne comprend pas... » Pour les besoins de la procédure, les procès-verbaux ont été envoyés à Bastia, à Ajaccio, à Paris. Beaucoup de gens ont pu les voir passer. Je ne saurai jamais qui a pu juger utile, à ce moment-là, de me coller un flingue sur la tempe.

Mais, depuis que j'ai lu *Le Monde*, il y a encore autre chose, de plus secret, de plus enfoui, qui me terrasse et me garde les yeux ouverts, la nuit, dans ma cellule. Ma famille ne savait encore rien de ma vie, ou si peu. Elle a dû la découvrir en ouvrant le journal.

Mon père est venu seul. Nous sommes assis l'un en face de l'autre dans le parloir de la prison d'Ajaccio. « C'est vrai, ce qu'ils disent ? » Il a lu, lui aussi, et il attend des explications sur le rebord de sa chaise, au fond de ce box de 3 m^2, cerné des clameurs de la prison.

« Laisse-moi t'expliquer, Papa, je vais tout te raconter… »

Je parle à voix basse, je me délivre, je lui raconte tout ce que je ne lui ai jamais raconté. Il m'écoute, attentivement. Il ne relève rien. Il ne me pose pas la question, par pudeur, par peur aussi, sans doute, mais je sens bien qu'elle est là, cette terrible question qui pend au bord de ses lèvres.

Est-ce que j'ai tué ? Je suis mis en examen dans deux affaires d'assassinat en bande organisée, Casanova et Tasso. « Je n'ai jamais tué un homme, Papa. Je ne suis pas un assassin. »

Mon père me croit, je le vois. Il se lève. Il est déjà l'heure de partir. Je m'agrippe alors à son regard comme à une corde dans le naufrage de ma vie.

« Pourquoi on est ici, Papa ? » Ma petite secoue sa queue-de-cheval et écarquille ses yeux rieurs dans les miens, du haut de ses 6 ans. Mes deux filles sur les genoux, dans le box, je n'arrive pas à trouver les mots.

Ces parloirs avec ma femme et mes filles, à la prison d'Ajaccio où je purge désormais ma – ou plutôt mes – préventives, ce sont les meilleurs et les pires moments de ma détention. De rares parenthèses d'une demi-heure ou d'une heure, le mercredi, en fonction de l'humeur du chef de parloir. Des retrouvailles suivies de déchirements, quand je les presse contre moi pour les embrasser, quand je les vois ensuite s'éloigner de leur pas sautillant, pas plus hautes que la table, me demandant s'il ne va pas leur arriver quelque chose dès qu'elles seront sorties. Depuis que tout le monde sait que j'ai parlé, je vis, pour elles, une angoisse de chaque instant. En Corse et dans la prison, je suis devenu l'ennemi public numéro un.

Un matin, alors que j'étais transféré d'Ajaccio à Marseille pour une audition, un type s'est approché à scooter, a relevé sa visière et m'a fait un signe d'égorgement sous le nez des gendarmes. Je l'ai tout de suite reconnu : c'était mon ancien associé. Il avait eu l'information de mon transfert par un brigadier-chef de la prison. Qui sait si un fou ne va pas s'en prendre à ma femme et aux filles, pendant que je suis ici, derrière les barreaux ? Mais pourquoi j'ai parlé, plutôt que de me taire ? Pourquoi ?

À la fin de ce mois de février 2010, je ne suis plus sûr de rien. Mon nom est étalé partout comme celui du « premier repenti de l'histoire corse » et je suis mis en examen par les juges dans six affaires au total : l'abus de biens sociaux, une histoire de vol de voitures sans fondement, les assassinats de Tasso et de Casanova, le hangar et même une histoire de cache d'armes, alors que c'est moi qui ai donné le filon aux enquêteurs, qui ont pu interpeller plusieurs personnes. Par la suite, j'obtiendrai un non-lieu dans cette histoire, comme dans le dossier Tasso, mais il faudra se battre et surtout affronter bien des bizarreries.

Comme les scellés de mon ADN qui, de manière inexplicable, arrivent ouverts au laboratoire, dans l'affaire Tasso. Comme mon ADN que les policiers retrouvent prétendument sur un Glock fondu, dans le hangar où a explosé Francis. Mes avocats, Delphine Calmettes et Jean-Michel Mariaggi, feront faire des analyses par un laboratoire spécialisé, qui démontreront l'impossibilité de prélever quelque ADN que ce soit sur de la matière brûlée à ce degré.

En clair, à ce stade, moi et mes défenseurs, nous commençons à nous demander si la justice ne m'a pas exploité à mes dépens. Tous les trois, nous avons surtout en tête la drôle de sortie que m'a faite, un matin, Bruno Boudet, le commandant de l'Office central de lutte contre le crime organisé, pendant ma garde à vue dans le dossier Casanova.

La veille, j'avais signé mon récit de la scène de crime telle que je l'ai vécue et telle que l'ont retranscrite les deux enquêteurs d'Ajaccio et de Bastia qui m'ont entendu. Le lendemain, Bruno Boudet est arrivé, furieux. Il s'en est pris aux deux capitaines de police : « Je ne peux pas vous laisser seuls cinq minutes ! » Avant de se tourner vers moi et de m'expliquer ce qui n'allait pas. Le juge qui instruisait mon dossier n'était pas content de ma déposition. Si je ne me rapprochais pas plus de la scène de crime, toutes les promesses que m'avait faites la justice seraient caduques. Je l'ai écouté, atterré. Cela voulait dire que les réductions de peine et la protection que l'on m'avait promises, je ne les aurais jamais ? Oui.

J'ai donc décidé de réécrire l'histoire et changé ma version initiale. J'ai raconté ce qui n'est jamais arrivé, à savoir que je suis descendu de la voiture pour assister Francis dans l'enceinte de la villa des Lauriers, ce 23 avril 2008. J'ai signé le PV. Et, finalement, je me suis retrouvé mis en examen pour assassinat en bande organisée alors que l'on m'avait laissé comprendre, là encore, que je ne serais renvoyé, au pire, que pour complicité de meurtre…

Ma femme m'avait prévenu, en décembre 2009, quand je lui avais confié, au parloir, mon intention de tout raconter : « Es-tu sûr de toi, Claude ? Est-ce que les magistrats vont tenir leurs engagements ? » Nous avons alors eu un long tête-à-tête, sa main dans la mienne, j'ai voulu avoir avec elle la discussion que je n'avais jamais eue. J'ai voulu lui raconter, en profondeur, ce que j'avais fait et pourquoi j'avais décidé de parler. Elle ne savait pas tout, même si elle connaissait Francis, bien entendu, et depuis longtemps me disait de m'en détourner. Je ne l'ai jamais écoutée. À sa place, beaucoup seraient parties.

Toute cette histoire me rend fou. Cette prison me rend fou. Depuis deux jours, je sens bien que quelque chose ne tourne pas rond. Deux jumeaux, que tout Ajaccio appelle « les frères Bogdanov » tellement ils leur ressemblent, n'arrêtent pas de me tourner autour, je vois bien qu'ils cherchent la castagne. Ils font courir le bruit que je suis ami avec un type qui aurait voulu assassiner leur père, ils se trompent.

Alors, sur mes gardes, j'ai prévenu mes copains de détention Mathieu et Paul-Philippe : « Ne restez jamais seuls ! » Déjà, moi, j'ai laissé les tongs dans ma cellule et je ne circule plus qu'en baskets. Tous les détenus connaissent cette règle non écrite : quand on sent qu'il va se passer quelque chose, on se chausse bien.

Un après-midi, je suis en train de jouer à la belote avec Mathieu et Paul-Philippe dans une salle, à l'étage, quand, tout à coup, la porte s'ouvre dans un grand fracas. Les jumeaux débarquent avec huit détenus comme des taureaux furieux dans l'arène. J'ai à peine le temps de me lever qu'ils se jettent sur nous en beuglant, armés de bouteilles et de culs de flacons de déodorant. Les coups pleuvent, le verre vole en éclats. Je fais un pas de côté, cherche dans mon caleçon l'arme que j'avais préparée, au cas où – une chaussette de foot remplie de boîtes de thon. Mathieu est déjà à terre. Avec ma fronde, je cogne comme un sourd et je vise la tête, pendant que les gardiens, affolés par la violence de la scène, nous enferment à l'intérieur. C'est une boucherie.

J'ai l'air d'une momie avec mes quatre points à l'arcade. La glace au-dessus de l'évier crasseux des douches me renvoie une sale tête. J'ai eu de la chance, je m'en suis bien tiré. En face, un des types a eu cinquante-six points de suture à la face.

La prison rend fou, oui. Je ne sais pas quand je vais sortir d'ici. Je ne sais pas ce que je vais devenir, maintenant que j'ai tout balancé. Je sais seulement que si, après le procès Casanova, je retourne en taule, si jamais je suis condamné, je n'en ressortirai pas vivant.

Sortie de prison

Février 2012.

La lourde porte en fer de la prison d'Ajaccio se referme lentement derrière moi. Le bleu du ciel me brutalise les yeux. Mon sac sur l'épaule, les jambes molles, j'ai l'air d'un taulard égaré sur le trottoir.

Pas loin de trois ans de détention provisoire se sont écoulés depuis mon arrestation en septembre 2009. Je suis enfin dehors. Je devrais être ivre de joie, j'en ai tellement rêvé, de ce moment où je respirerais de nouveau l'air libre, où je pourrais marcher dans la rue, revoir ma famille, mes amis, aller siroter une pression au café. Je suis dehors, oui, mais je sais que rien de tout cela ne sera plus jamais possible.

Cette remise en liberté, je la dois à l'acharnement de mes avocats, qui ont posé la demande une bonne vingtaine de fois, et à l'éthique d'un homme, un juge d'instruction,

Thierry Azéma, qui a poussé ce choix, validé par la cour d'appel, contre l'avis du parquet.

J'en ai été le premier surpris. L'oreille collée au combiné, dans la cabine téléphonique au deuxième étage sur la coursive, j'ai entendu Delphine me crier : « Vous sortez dans l'heure, Claude ! » Elle sortait de la cour d'appel d'Aix, elle venait de l'apprendre. J'ai raccroché, sonné, et j'ai gueulé au chef de détention, un étage plus bas : « Préparez mes affaires, je m'en vais ! – Comment ça, vous partez ? On n'est au courant de rien ! » Moi : « Vous allez recevoir un fax ! »

Au blanc de sa réponse, j'ai compris qu'il ne me croyait pas, des fois que je lui refaisais le coup de l'évasion par fax de Francis. J'ai filé récupérer mon linge dans ma cellule, j'ai décollé du mur toutes les photos et les dessins de mes filles que j'avais regardés tous les soirs et tous les matins, durant trente-deux mois, et je suis parti en courant.

C'est mon frère qui est venu me chercher en voiture. Je n'ai pas voulu que ce soit ma femme, de peur qu'il ne lui arrive quelque chose. Derrière la vitre, j'ai regardé s'éloigner cette porte vert pâteux et ces murs lépreux que j'espère ne jamais revoir. Et sur le trajet, le long de la route en lacet grimpant vers Ocana, mon village niché sous la montagne, j'ai senti la boule me monter à la gorge.

Voilà, j'y suis. Je vacille comme un étranger au seuil de chez moi. Ma femme m'ouvre, me sourit pour m'inviter à entrer : « Les filles sont encore à l'école », me dit-elle dans un murmure. Dans le salon, rien n'a changé en mon absence, la lourde table en chêne, les rideaux piqués de fleurs, les tableaux de chasse. Nous nous asseyons tous les deux sur le canapé et restons là un long moment, en silence, parce que je ne suis pas capable de parler, parce que je suis comme un aveugle qui recouvrerait la vue et se réacclimaterait doucement à la lumière, et à la vie.

Je les entends gazouiller de l'autre côté de la porte, elles sont là. Comment vont-elles réagir ? Vont-elles m'accepter dans leur univers que j'ai déserté depuis trois ans ?

Deux feux follets aux yeux stupéfaits déboulent dans le salon. Papa, tu es là ! Papa, tu es revenu, ça y est ? C'est vraiment fini ? Ils t'ont lâché, Papa, on ne sera plus obligées d'aller à la porte verte pour te voir ?

Elles fondent en larmes dans mes bras, je les couvre de baisers. Papa est sorti, oui, ça y est, on est tous réunis, vous allez finir votre école, les filles, et puis on va aller habiter ailleurs, on va refaire notre vie dans une autre maison… Je cache mon émotion comme je le peux. Je ne sais pas comment leur dire ce que je ne peux pas leur dire, comment ne pas leur voler, encore, leurs éclats d'enfance.

La vérité, c'est que notre bonheur va être aussi intense que fugace. En Corse, je suis devenu une cible et, dès ce soir, il va me falloir assurer moi-même ma protection, et surtout la leur. Installer partout dans la maison des caméras de vidéosurveillance, acheter un gilet pare-balles, recharger mes fusils. Et, pour finir, organiser notre prochain départ dans le Jura, où j'ai prévu d'aller travailler auprès de mon frère, dans son entreprise de maçonnerie. Là-bas, sur le continent, nous serons plus en sécurité. Nous pourrons nous refaire une autre vie.

Mais, en attendant, chaque semaine, j'aurai ici des obligations de pointage, pour mon contrôle judiciaire. Chaque semaine, un rendez-vous avec la mort.

Je dois me rendre à la gendarmerie tous les mercredis. Une chance, pour ceux qui me pistent. Je suis censé aller au poste de Cauro, à dix kilomètres de chez moi, mais heureusement il est lié à celui de Pietrosella, un peu plus loin. Une fois sur deux, je peux donc changer, pour couper les habitudes. À chaque fois, malgré tout, ces dix pauvres kilomètres à parcourir me donnent des migraines sans fin.

Si je pointe à 10 heures, je pars à 4 heures de chez moi de manière à ce que personne ne sache où je suis durant l'intervalle. Je pars en voiture, je roule, je me gare quelque part sous un arbre et puis j'attends, aux aguets ; ou bien je sors de la maison à pied, je marche à travers le maquis et me fais récupérer par un ami un kilomètre plus loin, à endroit indiqué quelques jours plus tôt. Et le soir, quand je rentre, je me jette sur les enregistrements de mes caméras qui tournent en continu, nuit et jour.

Ce soir, je suis tétanisé devant mon écran. À environ 300 mètres de chez moi, garé sur une route d'où l'on peut voir ma maison, un fourgon Peugeot, garé sur le bas-côté. Je zoome. Quelques minutes se passent. Il est toujours là. Je commence à sentir la peur faire son nid, cela ne fait même pas un mois que je suis sorti.

Je suis encore rivé à mon écran quand, au bout d'un moment, je vois la porte du fourgon coulisser et deux hommes en sortir. Je cours décrocher mon fusil de chasse dans le couloir et saute dans ma voiture pour les rejoindre.

Je me plante devant eux. Les deux types n'ont pas l'air surpris de me voir. Ils font de la randonnée, prétendument. En pantalon de toile et en chemise Oxbow. Alors qu'ils s'en vont, enfin, je rebrousse chemin, le cœur dans les talons, et, de retour chez moi, j'appelle Delphine. Je la supplie de téléphoner au juge pour savoir si je peux pointer tous les quinze jours et non toutes les semaines. Je ne resterai de toute façon pas deux mois de plus ici, en Corse. Sinon, je le sais, je suis bon pour l'asile.

Sur ma ligne d'horizon, les nuages grossissent de plus en plus. L'autre jour, deux types sont allés trouver sur son lieu de travail l'artisan qui fait des travaux dans ma maison. « Le mur chez Claude, c'est vous qui le faites ? » Le pauvre n'a pas compris la question, mais il a laissé tomber les travaux.

Ma femme, elle aussi, commence à avoir des soucis à cause de moi. Elle était en train de s'associer avec un producteur de vin pour s'occuper de sa distribution, quand, un matin, deux hommes sont venus le voir sur son vignoble pour lui délivrer ce message : « On sait ce que tu es en train de faire avec la femme de Chossat. Si tu lui donnes à manger à elle, c'est comme si tu lui donnais à manger à lui. Donc, tu fais un choix. » Il a été vite vu.

La Corse était mon paradis, elle est devenue mon pire cauchemar.

Jean-Michel

Ce soir du 29 octobre 2015, je suis assis sur mon canapé, dans ma maison du Jura, l'œil rivé à l'écran de télé. Dès que j'ai un moment, je me branche sur BFM et, tous les soirs, je regarde les infos. Un réflexe machinal, une précaution. C'est comme ça depuis toujours. Et c'est encore plus vrai depuis que j'ai quitté la Corse pour le continent et bâti un mur étanche entre mon passé et mon présent.

Je mène une vie d'étranger dans mon propre pays, une vie claquemurée que je veux obsessionnellement normale et qui ne l'est pas, et les nouvelles du monde qui y entrent par l'œilleton de la télé sont comme un flot de boue qui ne peut plus m'atteindre. Un bruit de fond, le rappel qu'il y a une vie, tout autour, des morts, tous les jours, un peu comme un écho qui me rassure tant qu'il reste lointain. Mais, ce soir, je suis tétanisé.

« Un avocat ajaccien grièvement blessé par balles. »

Des hommes qui tombent, il y en a toutes les semaines, en Corse. Mais des avocats… Depuis l'assassinat en forme de coup de tonnerre d'Antoine Sollacarro, abattu à bout portant de plusieurs balles de 11.43, dont plusieurs en pleine tête, le 16 octobre 2012, la chronique était restée silencieuse. Jusqu'à ce soir.

Le poste de télévision montre une voiture trouée de balles, une SUV Volvo, sur le bord d'une route, en direction d'Ucciani. C'est sa voiture. C'est lui, j'en suis sûr.

Je me lève d'un bond pour prendre mon téléphone. Mathieu. Lui saura ! Mathieu Lucchini, je l'ai rencontré en prison, en 2010, il est devenu mon ami. Mathieu me confirme que l'homme qui a été visé il y a à peine une heure en rentrant chez lui et qui est à présent sur un brancard d'hôpital, le bras en charpie, c'est bien Jean-Michel Mariaggi. Son avocat. Et le mien.

J'en suis sûr. Jean-Michel a été visé parce qu'il me défend. Tout ça, c'est à cause de moi… Encore. Jean-Michel s'est empaillé avec bien des gens, pour mon dossier. Comment va-t-il ? Mathieu m'a rassuré, Jean-Michel, qui a perdu beaucoup de sang, n'est pas en danger, seul son bras a été touché. Mais j'appelle quand même Delphine Calmettes, mon autre avocate, elle en saura sûrement plus. Delphine, c'est la comparse de plaidoirie de Jean-Michel, celle qui me suit avec lui et me soutient depuis des années. Elle force mon admiration, elle aussi, courageuse, déterminée, une combattante qui n'abandonne jamais, comme lui. Tous les deux, c'est le yin et le yang. Delphine est aussi calme et posée que Jean-Michel peut être sanguin et frontal.

Delphine est sur répondeur. Elle est en vacances à l'étranger. Je l'inonde d'appels. Elle finit par me répondre, atterrée. Entre nous, la discussion est brève. Nous évitons tous les deux de soulever à voix haute la question qui nous taraude. Qui ? Je ne dis pas à Delphine que je pense que c'est à cause de moi, j'imagine qu'elle le pense aussi, même si Jean-Michel gère beaucoup de dossiers lourds, notamment celui de la famille d'Yves Manunta, assassiné en 2012, dont il était si proche, ou bien encore ceux du Sarténais, ensanglanté par une guerre de clans depuis vingt ans. La mort du vieux parrain Jean-Jé Colonna qui tenait tout le Sud de la Corse a aiguisé les crocs de jeunes loups dans cette région où les Balenci, les Moretti et d'autres sèment désormais la terreur. Avant, à Sartène, ceux qui se prenaient des balles étaient des voyous. Aujourd'hui, c'est un restaurateur, le père d'un transporteur routier, le frère d'un commerçant. Quand on n'arrive pas à toucher des cibles, par principe, on tape à côté, sur des innocents.

Cette nuit-là, je tourne et retourne dans mon lit encore plus que d'habitude. Et le lendemain matin, j'appelle Jean-Michel, à la première heure. Répondeur. La voix de Jean-Michel dit de rappeler plus tard. Lui est-il arrivé quelque chose pendant la nuit ? Au comble de l'angoisse, je lui laisse plusieurs messages et rappelle Delphine. Delphine m'informe que son téléphone ne répondra plus. Il a été saisi.

Les jours qui suivent, je me cramponne à la moindre bribe d'information qui me remonte sur son état de santé. En Corse, la rumeur court qu'on doit l'amputer du bras. Mais ce n'est pas vrai. Jean-Michel a en revanche perdu, pendant quelques semaines, l'usage de son bras gauche et de sa main.

Ce soir-là, le long de la nationale 193 qui remonte en lacet vers Carbuccia, dans la vallée de la Gravona, Jean-Michel rentre chez lui, vers sa maison d'Ucciani, au volant de son 4 × 4 blanc. Il fait nuit. Il n'a ni vu ni entendu la Kangoo qui a brutalement déboîté derrière lui pour le dépasser. C'est à ce moment-là que son passager le met en joue à l'arme automatique. Les vitres latérales explosent en mille morceaux. Les débris de verre et de plexiglas parsèment la chaussée sur des dizaines de mètres. Jean-Michel se couche sur le siège du passager. C'est ce qui le sauve.

Jean-Michel a été hospitalisé pendant plus d'un mois et demi, à Ajaccio. Devant sa chambre, deux policiers montaient la garde. Ensuite, il a fait sa convalescence sur le continent. Aujourd'hui, il n'a plus d'adresse en Corse, va de maison de repos en maison de repos et ne veut pas que l'on sache où il se trouve.

Trois mois se sont écoulés depuis sa tentative d'assassinat. Nous sommes en mars 2016. C'est la première fois que je revois Jean-Michel. J'appréhende. Tous les deux traqués, tous les deux sans adresse fixe, nous avons choisi un point de rencontre sur la carte de France : Marseille. Je dois y être auditionné par le juge Guillaume Cotelle, à la JIRS, lui y a des examens à faire à l'hôpital de la Timone pour son bras.

Ce jour-là, la gare de Valence est noire de monde. Il est midi. La foule qui bruit et nous entoure forme comme un bras au creux duquel je peux plus facilement me fondre, et lui aussi. Delphine, la fidèle amie, est avec moi, comme toujours.

En jeans et baskets, coiffé d'une casquette qui lui mange la moitié du visage, Jean-Michel est là, debout, sur l'escalator. Je ne le reconnais pas. C'est Delphine qui, partant à sa rencontre, me fait comprendre que c'est lui. Une ombre. Il a perdu vingt kilos. La rééducation qu'ils lui ont fait faire, une heure et demie de vélo tous les jours, l'a complètement séché. Son visage s'est creusé, son regard endeuillé de cernes. Son bras disparaît dans une coque en carbone, maintenue par une sangle.

Nous nous embrassons rapidement et nous sortons de la gare pour aller déjeuner dans une brasserie à côté, où nous nous posons, tous les trois, à une table, dans un coin, face à la porte. Trois anonymes au milieu du cliquetis des verres et des cadres avalant leur repas de midi. Nous avons toujours fonctionné comme ça, ne mettant personne d'autre dans la boucle du rendez-vous, pour ne borner le danger qu'à une rencontre fortuite.

Rien n'a changé et tout a changé. Ce n'est plus seulement moi qu'il faut protéger, maintenant. C'est lui aussi, Jean-Michel. Qui aurait cru que ce roc, cette immense figure du barreau, serait un jour touché à son tour ? Le cœur serré, j'observe ce regard d'un bleu limpide qui d'ordinaire vous empoigne se voiler d'inquiétude, je l'écoute me parler, tout en mangeant d'une main, de ce qui s'est passé. « Heureusement que je ne portais pas la ceinture de sécurité… » Il est préoccupé pour son activité, pour ses dossiers en cours, pour ses clients. Il sait très bien que, pour lui, la Corse, toute sa vie d'avant, c'est fini. La Corse où vit encore sa famille…

Je mâche ma viande en silence, incapable d'articuler un mot. Moi, tant habitué à enfouir mes émotions, je me sens, là, devant lui, brutalement envahi d'une rage folle, une rage mêlée à une tristesse sans fin. Je lui pose alors la question qui me brûle la cervelle. A-t-il failli se faire tuer à cause de moi ? Il me jure que non. Il pense qu'on a voulu l'écarter du monde judiciaire, notamment du procès des auteurs de la tentative d'assassinat de la femme et de la fille de son grand ami Yves Manunta, qui s'est tenu en novembre 2016.

Manunta. Un nom qui me fait monter la nausée, une sale affaire qui a vu cet homme de 48 ans, ancien militant nationaliste devenu cogérant d'une société de sécurité, tomber comme un lapin dans un guet-apens en 2012, moins d'un an après une première tentative contre lui, au cours de laquelle sa femme Angèle et leur petite fille de 10 ans, Carla-Serena, avaient été grièvement blessées.

Ce soir du 8 novembre 2011, il est 18 h 40 quand une rafale de balles d'AK 47, de pistolet automatique et de chevrotine déferle dans la nuit ajacienne sur la Peugeot 308 d'Yves Manunta, qui pénètre sur le parking de sa propriété. Yves Manunta parvient à s'échapper en sautant un mur haut de six mètres. Mais les tueurs continuent de tirer sur la voiture à l'arme de guerre. Dans la voiture, Angèle, sa femme, reçoit une balle dans la cuisse, une autre dans l'aine, la fesse, le bras. Elle entend surtout les cris d'horreur de leur fille, Carla-Serena, atteinte par deux balles de kalachnikov dans le bras qu'elle a plaqué sur sa tête pour se protéger. Une autre frôle son cuir chevelu.

C'est la première fois, en Corse, qu'on s'en prend à une enfant. C'était la première fois aussi que, par la voix d'Yves Manunta, un ancien militant nationaliste s'en prenait à tout un système politico-mafieux, qu'il dénonçait haut et fort. Jusqu'à finir sa vie sur un trottoir d'Ajaccio quelques mois plus tard.

Ce 9 juillet 2012, dans l'après-midi, deux hommes vident leurs chargeurs sur lui. Yves Manunta pousse son dernier soupir vingt minutes plus tard, dans l'ambulance qui le mène à l'hôpital de la Miséricorde.

Ce soir-là, en regardant les infos, j'ai tout de suite pensé à Jean-Michel. Lui et Manunta se tutoyaient, ils étaient amis et voisins du même village depuis une trentaine d'années, se connaissaient entre familles. C'était déjà pour lui que Jean-Michel avait failli en venir aux mains, en plein procès, avec son confrère Antoine Sollacaro. Leur affrontement, qui raconte un peu en lui-même l'histoire du système corse, avait sidéré toute la cour.

Yves Manunta avait créé la SMS, sa société de sécurité, en 2000, avec Antoine Nivaggioni, un autre ancien nationaliste, grand ami d'Alain Orsoni. À la surprise générale, la SMS avait décroché le marché de surveillance de l'aéroport d'Ajaccio. Les bons rapports qu'entretenaient Antoine Nivaggioni avec la chambre de commerce et d'industrie de Corse-du-Sud ont facilité l'essor de la société. Mais, en 2004, les choses se sont gâtées entre Nivaggioni et Manunta, ce dernier reprochant à son associé de « taper dans la caisse ». Malgré un repas de conciliation en juillet 2004, Manunta et Nivaggioni se sont séparés, Antoine Sollacaro, avocat de la SMS, devenant aussi celui de Nivaggioni.

En 2007, sur la base d'un tuyau anonyme, les juges mettent le nez dans le dossier de la SMS. Nivaggioni, accusé de détournement de fonds et d'abus de biens sociaux, se met alors au vert, avant d'être assassiné en octobre 2010. Les proches de Nivaggioni désignent aussitôt Manunta comme la « balance » à l'origine de l'ouverture de l'enquête judiciaire sur la SMS. Yves Manunta, qui a depuis fondé sa propre société de sécurité, est vite mis à l'index. Entre les anciens associés, la guerre est totale.

À l'été 2008, un ami d'Antoine Nivaggioni est la cible d'un projet d'assassinat : Francis Pantalacci, un autre ancien militant du MPA d'Alain Orsoni, très connecté aux ministères de l'Intérieur et de la Justice à la grande époque du nationalisme et devenu très influent à la chambre de commerce et d'industrie d'Ajaccio. Manunta et lui étaient en froid. Pour les amis de Nivaggioni, c'est encore lui, Manunta, le responsable. Dans l'un de ses légendaires accès de colère, Me Sollacaro s'en prend au juge marseillais en charge de l'instruction :

« Je vous demande de mettre Yves Manunta en examen pour complicité d'assassinat ! Il y va de l'intérêt de tous, sinon…

– Sinon quoi ? » lui rétorque, glacial, le juge.

Quand le procès de la SMS s'ouvre, en 2011, tous les feux sont braqués sur la cour. Entre Jean-Michel Mariaggi, qui défend Yves Manunta, et Antoine Sollacaro, défenseur des amis de feu Nivaggioni, l'air est irrespirable. Peut-être sans en mesurer vraiment les conséquences, Jean-Michel se lance dans un dangereux et implacable réquisitoire contre Antoine Nivaggioni.

En pleine audience, il accuse ce dernier d'avoir été un indicateur des services de renseignement alors dirigés par Bernard Squarcini, ce qui est aujourd'hui avéré. Attaqué sur le flanc, Antoine Sollacaro réplique tout aussi vivement en soutenant, lui, qu'Yves Manunta, présent dans le box, était l'indicateur de la PJ dans le dossier SMS. Il dérape et l'accuse d'avoir fomenté le meurtre de Francis Pantalacci. Finalement relaxé, Manunta confiera à un ami : « S'il m'arrive quoi que ce soit, Sollacaro y sera pour quelque chose. »

Manunta a été exécuté en juillet 2012, Sollacaro, en octobre 2012. Seulement quatre mois plus tard. Comme si la mort n'en finissait plus de dévorer tout son monde de part et d'autre d'une ligne de front invisible, tracée par ce dossier pourri de la SMS. Yves. Sa femme Angèle, handicapée depuis sa tentative d'assassinat, qui souffre le martyre et vit toujours avec sa fille sous protection policière. Antoine Sollacaro. Et maintenant Jean-Michel.

Beaucoup se sont réjouis de la mort de Sollacaro. Pas Jean-Michel, qui l'avait pourtant si durement affronté. Jean-Michel n'est pas homme à se réjouir de la mort d'un autre. Cet assassinat l'a assombri.

Jean-Michel se savait menacé. En 2014, la police l'avait convoqué pour lui parler d'un projet d'assassinat contre lui. Depuis, il prenait énormément de précautions, il n'avait aucun horaire fixe, changeait sans arrêt de trajet. Il avait déménagé son cabinet pour s'installer juste en face de la préfecture, dans un quartier en permanence sous vidéosurveillance. Pour autant, il ne pensait pas qu'il se retrouverait un jour sous une rafale de kalachnikov. En fait, on pense que ça n'arrive qu'aux autres, on se croit intouchable, jusqu'au jour où on est visé.

Moi, j'en ai vraiment pris conscience juste après la mort de Francis Mariani, quand deux voitures ont essayé de me coincer sur la route, en pleine journée. Ce jour-là, je n'avais aucun rendez-vous, je rentrais chez moi. Il était 11 heures du matin. Cela voulait dire que des gens s'étaient postés dès le matin pour m'attendre. Et ça, tant qu'on ne l'a pas touché du doigt, on n'y pense pas. On prend mille précautions sans y croire vraiment.

Yves Manunta, lui, c'était différent. À la fin de sa vie, il se comportait comme un condamné. Il ne mettait plus son gilet pare-balles. Il se promenait comme si de rien n'était, ce qui inquiétait beaucoup Jean-Michel. Manunta n'avait rien changé à ses habitudes, après sa première tentative d'assassinat qui avait vu sa femme et sa fille blessées. Pour cette affaire, les jumeaux Marc et Dominique Pantalacci, les fils du notable Francis, avaient été en mis examen. La petite Carla-Serena avait assuré avoir reconnu en eux les deux tireurs. Petite, elle courait chercher le ballon sur la plage quand ils jouaient au foot avec son grand frère Stéphane.

Quelques mois avant sa mort, j'ai eu la surprise de voir Yves Manunta débarquer sur le pas de ma porte, à Ocana. Il avait appris que j'avais eu une altercation avec les frères Pantalacci à la prison d'Ajaccio, en 2010, et il voulait en savoir plus. Quand il est reparti, j'ai jeté un œil à mes écrans de vidéosurveillance dans le couloir, pour être sûr qu'il n'avait pas été suivi. Tout ça puait tellement la mort.

Au procès des jumeaux Pantalacci qui s'est tenu en novembre 2016, Jean-Michel n'était pas présent dans le prétoire pour défendre Angèle et Carla-Serena Manunta. Il en a été terriblement affecté. L'avocat général avait requis la perpétuité contre les frères, qui ont été acquittés par la cour d'assises des Bouches-du-Rhône. En Corse, la règle souffre peu d'exceptions : on trouve rarement les coupables.

Jean-Michel ne plaidera donc plus jamais. Voilà un avocat hors pair, un homme honnête, qui a travaillé avec passion toute sa vie et doit raccrocher sa robe, fuir la Corse comme un condamné parce qu'une bande a décidé qu'il fallait l'éliminer. C'est sa réputation qui m'avait fait aller le voir pour qu'il me défende, en 2009, celle d'un avocat droit, qui ne se laissait jamais intimider et n'avait aucun lien avec la Brise de mer.

Avant même la SMS, sa défense de Christophe Garelli, ce jeune militant nationaliste assassiné en 1998 en Haute-Corse, était restée dans toutes les mémoires. À la barre, en face, il n'y avait rien de moins que le fils et le fils adoptif de Charles Pieri, le leader historique d'A Cuncolta, vitrine légale du FLNC, et l'omerta corse dans sa caricature la plus achevée. Tous les témoins, jusqu'aux experts, s'étaient défilés les uns après les autres et Jean-Michel, déjà, avait fait une implacable dénonciation de la « dérive mafieuse du clan Cuncolta », ce qu'aucun avocat n'avait jamais osé faire dans un prétoire. Les accusés ont, là encore, été acquittés.

J'espère juste que le courage de Jean-Michel aura servi la vérité.

J'espère juste qu'il retrouvera la liberté d'écrire.

La dernière alerte

Janvier 2016. Quatre années me séparent à présent de ma sortie de prison, sept années de mes confessions à la justice sur la Brise de mer.

Je suis en vie. Un miracle.

Après l'article du *Monde* sur mes révélations, toute la Corse a murmuré mon nom comme celui d'un paria, de l'homme à abattre. Devant les menaces et la *mala morte* – la mort violente –, l'île cultive plus volontiers le deuil et le sentiment du sort que celui de l'indignation. J'avais rompu le silence d'un système. Je devais payer.

Je m'en suis sorti en fuyant définitivement la Corse, après la prison, j'ai déménagé trois fois, je me suis installé dans le Jura en espérant y trouver un peu de tranquillité. Nous y avons acheté une maison, ma femme et moi, et j'ai fini par croire, naïvement, que j'avais enfin pris du champ avec la peur, la mort qui rôde, les nuits sans sommeil.

Mais elles sont en moi, comme le ver dans le fruit.

Ce dimanche de janvier 2016 est un dimanche comme les autres. Je me suis levé de bonne heure. J'ai fait au revoir de la main à ma femme et aux filles qui sont parties, enjouées, faire le marché au village d'à côté. Il est 11 heures, je suis mollement assis dans le canapé, en short, en train de feuilleter une revue de pêche, quand, tout à coup, j'entends les chiens aboyer.

Qui peut bien passer devant chez moi, à cette heure ? Un chemin privé mène à mon portail, je n'attends personne et mes deux malinois, dressés à l'attaque, tournent dans le jardin comme des fauves.

Je me lève comme un ressort, rivé au grand écran que j'ai posé dans le couloir, entre la cuisine et le salon. Il retransmet toutes les images des caméras de vidéosurveillance dont j'ai truffé les extérieurs de la maison. Mon cœur se met à cogner. Une voiture, une grosse BMW de série 1, s'est arrêtée à une centaine de mètres du portail et un homme est en train de marcher sur mon chemin, à pied, tout en essayant de se camoufler le long de la haie. Je me rue dehors, me planque derrière un muret pour l'observer. Arrivé à la boîte aux lettres, il cherche à lire le nom qui y est inscrit : le mien, Claude Chossat.

L'homme est sec, sportif, il a les cheveux courts, des baskets à la mode, un visage taillé au ciseau. Il lorgne à présent vers la porte d'entrée de la maison. Je quitte mon muret et fonce vers lui en courant. Je parviens à une cinquantaine de mètres de lui. « Vous cherchez quelque chose ? – Non, non, je me suis trompé. Je cherche monsieur Chanas, un agriculteur. » Il cherche monsieur Chanas à peu près comme moi je cherche le fantôme de Mariani dans mon jardin.

La caméra motorisée installée à l'angle de la maison se met en branle. Il entend le bruit, s'aperçoit qu'il est filmé et rebrousse aussitôt chemin. Je lui emboîte le pas, cours vers le portail en lui hurlant de revenir. Il accélère et, parvenu à la BMW, dont la portière côté passager est ouverte, s'engouffre dedans. Trois hommes l'attendent, la voiture démarre en faisant crisser ses pneus. Impossible pour moi d'en rester là. Paniqué, je retourne chez moi en courant prendre les clés de mon 4 × 4 et je saute dedans. Je saurai qui sont ces types.

À la sortie du chemin, la nationale. À ma gauche, une longue ligne droite d'un kilomètre. Pas de voiture. Ils ont dû partir à droite. Je me jette sur la route. Deux kilomètres me séparent de l'entrée d'un village. Je les avale en un temps record et me retrouve très vite sur eux, pare-choc contre pare-choc.

Ils m'ont vu. S'affolent, mettent le clignotant à droite, à gauche, montent sur un rond-point, font demi-tour. Je ne les lâcherai pas. Je suis comme un chien enragé. Sur trois kilomètres, je les poursuis à plus de 100 km/h jusqu'à les dépasser. À cette vitesse, je parviens à baisser la vitre côté passager. Je veux les voir, les fixer, bien en face. L'homme qui est descendu à mon portail se cache le visage de la main, le conducteur, d'une cinquantaine d'années, a le front barré d'une grosse mèche grisonnante.

Ma mémoire scanne leurs traits, la plaque d'immatriculation : DR-408-YE. J'ai ce que je voulais. Je fais demi-tour. J'arrive en nage chez moi, où j'appelle un enquêteur de la PJ d'Ajaccio, un homme bien, avec lequel je suis devenu ami, je peux me permettre de le déranger un dimanche. Il m'écoute, je lui envoie la vidéo filmée par ma caméra, l'immatriculation de la voiture. Ses recherches m'indiquent que la BMW appartient à une concession qui se trouve à 800 km de chez moi. Je respire un peu. Je me dis que cette piste me permettra sans doute de retrouver la trace des intrus. Demain matin, lundi, j'en aurai le cœur net, je téléphonerai à la première heure. En attendant, je vais essayer de me calmer, sans succès.

La nuit est tombée. Un épais silence flotte dans la maison. Impossible de dormir. J'ai rechargé mes trois fusils de chasse, je tourne en rond, regarde à tour de rôle les trois écrans que j'ai répartis dans le couloir, la chambre et le bureau. Il est 5 heures et demie et je n'ai quasiment pas fermé l'œil quand, soudain, sur l'écran dans ma chambre, j'aperçois deux yeux jaunes. Les phares d'une voiture. Je saute vers une fenêtre. Une voiture est stationnée en haut du chemin, à une centaine de mètres de la maison. Je chausse mes baskets à la hâte et m'élance dans la nuit.

Mais, le temps que j'arrive, essoufflé, il n'y a plus rien. La voiture n'est restée que cinq minutes.

À l'endroit où la voiture s'est garée, les enquêteurs retrouveront, le lendemain, des mégots de cigarettes et de l'herbe écrasée. Selon eux, un poste de tir y avait été aménagé.

Lundi matin, 9 heures. J'ai déjà appelé dix fois la concession. La voix anonyme d'un standardiste finit par me répondre. J'essaie de me composer un ton neutre : « J'ai eu un accident avec l'un de vos véhicules immatriculé DR-408-YE, les services de police m'ont dit que vous en êtes les propriétaires. Comment faire pour le constat ? » On me passe un commercial, à qui je répète mon interrogation. Au bout de quelques minutes, la réponse que j'obtiens n'est pas du tout celle que j'espérais : « Je vous confirme que le véhicule est toujours en vente sur mon parc et qu'il ne l'a pas quitté du week-end. » La BMW à laquelle j'ai eu affaire est une doublette, faussement immatriculée.

Tout à coup, je me sens mal, très mal. Étranglé par ce retour brutal du passé. Mais pourquoi je n'ai pas chassé cette satanée BMW en dehors de la route ? Au moins il y aurait une trace ! J'ai tellement voulu une vie normale, pour ma femme, pour mes filles. Depuis quatre ans, nous avions presque réussi, tout semblait s'apaiser, reprendre un cours à peu près tranquille. Et voilà, subitement, que tout s'écroule… La peur est revenue dans ma vie comme un boomerang et je sais bien ce que je vais devoir faire, reprendre mon existence de fuyard. Toute notre vie va, de nouveau, faire un grand bond en arrière.

J'allais tous les jours dans l'entreprise de maçonnerie de mon frère pour l'aider à gérer son matériel, ses chantiers, c'est pour cette raison que je m'étais installé dans le Jura. Je n'y vais plus. Je rends à la concession la voiture de ma femme que nous avions prise en location, car j'ai peur qu'ils aient vu celle dans laquelle elle a quitté la maison, le dimanche matin. De mon côté, je reprends une voiture pour ne plus être dans celle de ma femme et mes petites. Je ne les amène plus à l'école. Je me promène de nouveau armé d'un fusil de chasse que je pose le long du fauteuil passager, avec des cartouches à proximité. Je remets le gilet pare-balles que j'avais acheté en 2012, juste après ma sortie de prison, et que j'avais laissé dans sa housse, à la maison. Je vis l'œil collé à mes écrans de contrôle jour et nuit, je me passe et repasse les heures, les minutes enregistrées par mes caméras durant le mois passé, j'en scrute chaque seconde. La nuit, au moindre bruit, je suis debout. J'évite de sortir le jour, à moins d'y être obligé, et quand je sors, c'est toujours très tôt.

En un mot, je renoue avec le système corse : pour partir de la maison sans qu'on me voie, je gare une voiture à 500 mètres de chez moi et je vais la récupérer à pied en sautant les clôtures. Un rendez-vous de kiné chez qui je dois aller trois fois par semaine après une opération des cervicales devient une expédition. Je pars trois heures avant, à travers champs.

Surtout, une question me hante, en continu. D'où est venue la faille ? Après avoir loué deux maisons dans le Jura sous un autre nom que le mien, nous en avions enfin acheté une à notre nom. Nous avons sans doute trop baissé la garde… Cette intrusion à mon portail vient-elle d'une fuite du cabinet du notaire, des impôts, d'une personne de la région qu'on aurait croisée, qui se serait doutée de quelque chose et qui aurait fait des recherches sur Internet ? Impossible à savoir.

Mon épouse, elle, s'emploie à rester forte, comme celle que j'ai toujours connue, courageuse compagne qui a accepté les errements de ma vie et tente toujours de colmater les brèches quand elles s'ouvrent sous nos pieds. Mais, un matin, la cuirasse se fend. Elle s'effondre dans la cuisine. Elle a fait un malaise. Ce retour du passé, c'est trop.

Alors, à bout, je me tourne vers les enquêteurs du coin, qui n'ont pas grand-chose d'autre à me dire que : « Partez. » Nous allons partir, oui, ou plutôt fuir. Mais il faut du temps pour s'organiser. On ne vend pas une maison en un mois. En attendant, les vacances scolaires s'annoncent dans trois semaines. Ce sera une première occasion de s'éloigner et, surtout, de ne pas dire toute la vérité aux filles.

Mes petites… Elles ont changé, elles aussi, ces jours-ci. Elles qui semblaient s'être habituées à notre vie, bon an mal an, à ne jamais poser trop de questions, semblent manifester de l'inquiétude. Elles se collent à moi, en silence, sur le canapé, me suivent partout comme des petits chiots. Peut-être ont-elles vu que je prends plus de cachets que d'habitude pour mes ulcères. Depuis ma rencontre avec Francis Mariani, en 2008, j'en avale tous les jours. Mais, là, j'ai doublé les doses. Je suis trop rongé de l'intérieur, à vif. Brûlé du ventre jusqu'à la gorge. Je connais cette sensation. Je l'avais ressentie après la mort de Richard Casanova, après celle de Daniel Vittini.

Je sens que je vais exploser.

Disney

L'Alsace, d'abord. Puis les montagnes de Savoie. Le sourire des filles qui décrochent leur premier flocon, leurs cris de joie en dégringolant sur les fesses les pentes enneigées, les balades en famille. Depuis quand n'avons-nous pas goûté un tel bonheur de vacances ? Je ne sais plus.

Ces deux semaines d'escapade, après l'intrusion de ces types au portail, nous font un bien fou. Une bulle d'oxygène à la surface de l'eau. Même si, avec ma femme, nous n'avons dit à personne notre destination et avons fait les locations au nom d'un autre.

Dur retour à la réalité. Il va nous falloir bouger, encore. Mettre en vente la maison du Jura que nous avions achetée grâce à un prêt il y a à peine un an, quitter notre travail, et surtout choisir, encore, un nouveau point de chute. Mais où ? Où aller ? Nous finissons par déménager en juin 2016 dans le Nord de la France.

Une fois de plus, je dois réécrire toute ma vie.

Après la dernière alerte, et malgré ma plainte, je n'ai toujours aucune nouvelle de mon dossier de candidature au nouveau programme de protection des repentis en train de se mettre en place en France. Longtemps après d'autres pays, comme l'Italie ou les États-Unis, l'Hexagone expérimente tout juste ce fameux statut de « collaborateur de justice » qui doit permettre de délier les langues dans les affaires les plus épineuses de crime organisé, de stups ou de terrorisme. Le principe en était acquis depuis la loi Perben II du 9 mars 2004, mais il aura fallu attendre dix ans pour qu'il entre enfin en application, et encore, avec une ambition budgétaire plus que restreinte…

J'ai postulé, le premier. Pour mes avocats et pour Guillaume Cotelle, le juge d'instruction de Marseille désormais en charge de mes dossiers, la question ne se pose pas : il est évident que je dois en bénéficier. J'en espère beaucoup, une protection, un changement d'identité et des remises de peine. Bref, toutes ces garanties que le juge qui a précédé Guillaume Cotelle à Marseille m'avait promises et que j'attends depuis des années.

Mais, en ce début d'année 2016, je ne sais toujours rien de la décision de la Commission nationale de protection et de réinsertion qui, saisie par le parquet ou le juge d'instruction, examine les dossiers et décide d'octroyer, ou non, ce statut de repenti.

Me voyant très mal, mon avocate prend alors son téléphone. Pourquoi n'obtenons-nous pas de réponse ? À force de questions, nous apprenons finalement que mon dossier est bloqué depuis plus de six mois par une nouvelle magistrate du parquet de Marseille – auparavant en poste à Bastia –, qui ne l'a pas fait remonter…

Guillaume Cotelle décide de contacter lui-même la présidente de la commission, ce qui sort évidemment mon dossier de l'ornière. À partir de là, on m'indique que je ne recevrai aucune convocation par écrit et que tout se passera par oral, pour des raisons de sécurité. Et, en mars 2016, un enquêteur que je connais depuis ma sortie de prison m'appelle pour me fixer rendez-vous.

Quelques semaines plus tard, dans un hôtel anonyme de la banlieue parisienne. Je suis planté dans le hall, à côté de la réception, j'attends quelqu'un que je ne connais pas. Je suis là depuis cinq minutes, un peu perdu au milieu de la horde de cadres à l'air affairé, quand un homme s'approche de moi : « Vous êtes monsieur Chossat ? » Je fais oui de la tête. Il me donne son prénom, je sais qu'il est fictif. C'est un policier du SIAT, le Service interministériel d'assistance technique, le service ultraconfidentiel en charge de la gestion des repentis et de leurs identités d'emprunt. Il n'en dit pas plus, m'invite à le suivre, je lui emboîte le pas dans l'ascenseur.

Nous pénétrons dans une chambre aux rideaux tirés, où un autre homme nous attend. Il me tend la main, me donne un prénom qui n'est pas le bon, lui non plus. À côté d'un grand lit, une table et trois chaises. Ils me palpent, veulent s'assurer que je ne porte pas sur moi un enregistreur ou une arme et me demandent ensuite mes papiers d'identité en me priant d'éteindre mon téléphone et d'en enlever la batterie, histoire d'éviter d'être géolocalisé.

Le rendez-vous durera deux heures. Son objet : m'expliquer ce que c'est que de prendre part au futur programme de protection des repentis.

Du jour où j'intégrerai le programme, si je l'intègre, ma vie changera du tout au tout. Un matin, on viendra me chercher, moi, ma femme et les filles, on nous évacuera loin de chez nous, quelque part en France, et là où nous vivrons, nous serons dès lors coupés du monde. Plus aucun contact autorisé avec notre famille ni avec nos amis. On m'appellera du nom d'un autre, puisque, de ma vie d'avant, tout sera effacé. Je ne serai plus né en Corse le 15 avril 1975, je n'aurai jamais grandi à Cuttoli, à l'ombre du mont Gozzi, mais à Clermont-Ferrand. Ma femme, elle aussi, changera de prénom. Je n'aurai pas fait un BEP en électronique, mais un BTS de compta, et toute notre nouvelle vie sera évidemment écrite sur de nouveaux papiers.

En somme, comme le conclut l'un des policiers, d'une voix brève : « Nous, on n'est pas là pour vous vendre du rêve. Ce que vous vous apprêtez à intégrer est une expérience très difficile. » Face à lui, sur ma chaise, je me sens totalement décontenancé. Je tente quelques questions pour en savoir plus. Trop tôt. « Réfléchissez, coupe l'un. Vous nous direz si vous êtes partant pour l'intégration du programme après en avoir discuté avec votre famille. Si vous l'êtes, nous fixerons un autre rendez-vous pour rencontrer votre femme et vos enfants et on vous expliquera alors plus en détail les tenants et les aboutissants. »

Sur ces mots, l'autre policier sort de sa mallette un téléphone portable avec un numéro préenregistré. Il me le confie. Il servira à le joindre pour fixer avec lui le nouveau rendez-vous. En aucun cas, je ne devrai l'appeler avec un autre appareil.

Dans le train de retour, la pluie qui tambourine contre la vitre dessine les rigoles de larmes que je n'ai plus depuis longtemps. Je suis essoré. J'ai l'impression d'être passé dans le tambour d'une machine à laver. Je tourne et retourne dans ma tête ce que je viens d'entendre, je comprends bien que les policiers du SIAT ont essayé de me dissuader, que le programme est lourd, très lourd. Mais pourra-t-on vivre avec, moi et ma famille ? Comment annoncer à mes filles qu'on les coupera de tout ?

Le soir, autour de la table, nous en discutons longuement, ma femme et moi. Dans les assiettes, les lasagnes refroidissent. Nous soupesons dans tous les sens le peu de choses que nous savons, essayant de nous projeter dans ce futur étrange, censé nous protéger. C'est peut-être ça, le prix à payer pour avoir fait partie du monde des voyous : renier tout ce que l'on a été. C'est peut-être ça que je dois m'apprêter à devenir : un autre. Je ne sais plus très bien. Je me dis, malgré tout, qu'il faut poursuivre, pour savoir en quoi consiste véritablement cette nouvelle vie.

Le lendemain, ma femme et moi sommes tous les deux parvenus à la même conclusion. Une semaine plus tard, je rappelle sur le numéro préenregistré le policier du SIAT, qui me propose, comme convenu, une nouvelle rencontre. Tel jour, telle heure, à tel endroit, en banlieue parisienne. J'y serai.

Le trajet en train avec les filles est interminable. Depuis que nous les avons prises toutes les deux dans le salon un soir pour leur expliquer la situation, j'ai bien senti qu'elles sont différentes, tendues. J'ai trouvé les mots que j'ai pu : « Par rapport à tout ce qui s'est passé quand papa était en prison, il y a peut-être des gens qui vont nous prendre en charge. On va peut-être déménager, changer de région, d'école, de vie, en fait… » À partir de là, tous les jours, elles m'ont posé la question : « C'est quand qu'on va aller voir les messieurs ? » Pour tenter d'alléger la pression, je leur ai promis qu'on irait faire un tour à Disney, j'ai parlé du Monde des poupées, qu'elles adorent. L'hôtel du rendez-vous est situé non loin du parc d'attractions, alors nous avons eu l'idée de prendre des places, histoire de détendre l'atmosphère en dehors des heures de rendez-vous. Dans le train, nous nous sommes raccrochés à Mickey.

Nous voilà arrivés dans le hall de l'hôtel avec nos valises, face à six hommes qui nous conduisent cette fois dans deux chambres séparées, meublées chacune de lits superposés en bois sombre et d'un grand lit recouvert d'un plaid rouge et noir. Dans « ma » chambre, je fais face à deux membres de la commission et à un psychologue. Dans celle d'à côté, deux autres membres et un psychologue prennent, eux, en charge ma femme et les filles. En m'installant sur ma chaise, je pense à elles. Comment vont-elles réagir, si petites, devant ces hommes d'un certain âge, qu'elles ne connaissent pas ? Que vont-ils leur dire ? Je le saurai quatre heures plus tard, car l'entretien va durer quatre heures, sans respirer.

En quoi consistera notre nouvelle vie ? C'est simple, elle ne nous appartiendra plus, car on s'occupera de tout à notre place. Notre maison sera vendue, nos comptes bancaires seront gérés pour nous, de même que tout le reste puisqu'on nous donnera l'argent dont nous aurons besoin. Sachant que les frais d'une famille de quatre personnes sont évalués entre 2 000 et 3 000 euros par mois, notre loyer sera pris en charge et on nous donnera, à côté, un budget mensuel pour les courses. S'il faut acheter, en plus, des habits pour les filles, il faudra en faire la demande. De l'argent sera alors retiré sur nos comptes et nous sera remis. Par ailleurs, les filles ne seront plus scolarisées, mais prises en charge par quelqu'un du ministère de l'Intérieur qui viendra leur donner des cours dans l'endroit où nous serons logés. Elles n'auront plus droit à aucune activité sportive. Enfin, si l'envie de partir en vacances se présente, il faudra en faire la demande et on nous dira oui ou non. En résumé, nous ne prendrons plus aucune décision seuls et toute notre vie sera remise entre les mains du ministère de l'Intérieur.

Je les écoute, littéralement submergé par tout ce que j'entends. Je suis en train de me dire que je vais mettre toute ma famille en prison. Je ne sais pas par quelle question commencer. J'ai à ce moment-là de gros soucis de santé aux cervicales, qui me font souffrir le martyre. Timidement, je demande ce qu'il en sera des opérations à venir. « Il faut qu'on voie. C'est nous qui prenons votre santé en charge. »

Ils prendront aussi ma « justice » en charge, puisqu'un membre de la commission ajoute qu'il me faudra me séparer de mes deux avocats. La commission ne les connaît pas et ce sont les siens qui reprendront la main. Impossible. Je me raidis sur ce point et le leur fais savoir. Depuis des années, je ne fais confiance qu'à Delphine et Jean-Michel, ils connaissent mes dossiers par cœur, avec eux, je me rends à la convocation d'un magistrat les yeux fermés. Mais pas moyen de convaincre l'homme de la commission, qui passe maintenant le relais au psychologue, lequel va me passer à la question pendant une bonne demi-heure, remontant à mon enfance, cherchant à savoir si je m'entendais bien avec mes parents et si je faisais pipi au lit.

Je déteste ce genre d'entretien, il le sent. Là-dessus, il me met sous les yeux un questionnaire de 400 cases à remplir. Je m'y attelle, note que, parmi elles, une dizaine reviennent souvent, posées sous une forme différente. « Aimez-vous aller au ski ? » devient « Aimeriez-vous faire du ski à la montagne ? ». « Aimez-vous aller au casino ? » se nuance : « Est-ce qu'un jour vous aimeriez gagner au casino ? » Je lis encore : « Aimeriez-vous avoir une belle voiture ? », « Aimez-vous aller à la plage ? ». Et ainsi de suite.

Je comprends que cette batterie de points d'interrogation est destinée à scanner ma capacité à supporter la frustration d'une vie hors-sol. À la fin du questionnaire, on compte le nombre de croix sur les « oui » et sur les « non » et j'imagine qu'on détermine, en fonction, si la personne peut, ou non, intégrer le programme. Trop de

« oui » ? Exit. Pour moi, le candidat idéal ne doit plus aimer sortir, plus aimer avoir une voiture, plus aimer avoir une maison, plus aimer partir en vacances. En un mot, il ne doit plus aimer vivre.

Ce qui compte, pour moi, ce n'est pas de savoir si je pourrais me passer du casino ou d'une BMW. Je mène déjà une vie d'évadé dans mon propre pays, ce n'est pas pour aller flamber mon loyer au black jack. Moi, je veux juste savoir si, ayant encore sur la tête une mise en examen synonyme de vingt ans de prison en cas de condamnation, dans le dossier Casanova, je peux espérer une remise de peine comme c'est prévu dans tous les programmes de protection des repentis du monde, en Italie et ailleurs. Alors je le leur demande : « Qu'est-ce que vous me garantissez là-dessus ? » Rien, me répond-on. Aucune garantie écrite. Si je suis condamné au procès, j'irai en détention et j'y retournerai même sous ma véritable identité…

Autant dire que je n'en ressortirai pas vivant. C'est la traduction, logique, que je leur livre aussitôt. Je connais bien trop le fonctionnement de la prison pour y avoir passé sept ans de ma vie… Ils essaient de me rassurer, me répondent qu'en détention certains détenus peuvent bénéficier de conditions particulières pour être protégés. Tout ça, c'est du vent, de la théorie.

J'ai vu entrer en prison des sacs entiers pour des détenus, avec de la nourriture et sans doute bien d'autres choses dedans. J'ai vu certains gardiens donner à des détenus des informations sur d'autres détenus qu'ils n'auraient jamais dû donner. J'ai vu des hommes mis à l'isolement pour les protéger, prétendument, et se faire démonter la tête. Logiquement, en effet, personne ne peut pénétrer dans le quartier d'isolement, qui est une prison dans la prison. Mais tout le monde sait que c'est aussi facile d'y entrer que dans un moulin. Un jour, à Borgo, au retour du sport, j'ai vu quatre types foncer à l'isolement, tout en haut de l'escalier, pour aller tabasser un gars qui était là pour vol à main armée. D'en bas, j'ai entendu les cris. C'était interminable. Trois minutes de hurlements à vous retourner l'estomac. Vous ne l'oubliez jamais.

À Borgo, j'ai vu un jeune mec d'une vingtaine d'années vivre la misère pendant dix-huit mois parce qu'il avait prétendument balancé en garde à vue, dans une affaire de stups. Tous les jours, il se faisait bastonner dans sa cellule. Parce qu'il avait « franchi la ligne », il n'avait plus le droit d'aller en promenade, au sport. À un moment, son enfer était tel qu'il a demandé lui-même à se faire isoler dans l'unité des violeurs et des pédophiles, ceux qu'on appelle « les pointeurs ». Au milieu de la détention, un bâtiment leur est exclusivement réservé pour leur éviter la mort. Pour nous tous, c'est l'unité de la honte, et lui a fini par y moisir, de terreur.

Alors qu'on ne me dise pas que quiconque peut garantir la sécurité d'un détenu en prison, car ce n'est pas vrai !

Qu'on ne me dise pas non plus que mon anonymat sera garanti lors du procès Casanova, qui attirera tous les projecteurs des médias. Moi qui serai devenu monsieur Dupont sur mon nouveau lieu de vie où personne ne connaîtra mon vrai visage, je redeviendrai forcément Claude Chossat lors de ce procès. Qui me garantira alors que je ne serai pas reconnu ? Personne.

L'entretien se finit vers 15 heures sur ces mots un peu tendus. Je ne sais pas à quoi m'en tenir. Ce rendez-vous, c'est surtout de la prise de renseignements. Ils ont emmagasiné toutes les informations possibles sur nous, sur nos habitudes de vie. Nous avons fourni toutes les copies nécessaires, la carte de Sécurité sociale, le livret de famille, les noms de nos proches. À présent, ils vont tout passer au crible, mais, en me levant, je sens bien que quelque chose a vrillé dans ma tête : je ne suis plus bien sûr de vouloir faire partie de ce programme.

Dans le couloir, je retrouve ma femme et mes filles. Mon épouse a l'air contrariée, les petites, chamboulées. Elles ont eu droit aux mêmes questions. Nous pressons le pas pour sortir de l'hôtel. Au déjeuner, même si le cœur n'y est pas, nous essayons de faire bonne figure devant les filles, et puis Disney nous attend pour l'après-midi. Dans le bateau qui fait le tour du Monde des poupées dans un rideau de lumières, je reviens un peu à la surface en voyant les filles retrouver leur sourire d'enfant et chantonner au son de musiques flûtées.

Le soir, une fois les filles couchées, nous discutons. Pour moi, ce programme mettra notre vie familiale encore plus en danger qu'elle ne l'est déjà. Mon épouse, elle, serait plus prête à faire l'effort de cette nouvelle vie, mais un point, parmi d'autres, la stupéfie : on nous a fait comprendre que le programme de protection ne dure pas.

Bien au contraire, au bout de trois ans, il faudra être capable de se débrouiller. Si la vie du repenti est prise en charge à 100 % la première année, elle ne l'est qu'à 70 % la deuxième et 30 % la troisième. Après ça, il faut que la famille soit devenue complètement autonome, en état de vivre, sur un plan matériel, par ses propres moyens. Difficile, avec la perspective possible d'un retour en prison pour ma part… En d'autres termes, bien loin des autres pays qui ont mis en place un programme ambitieux de protection des repentis, la France, qui a déjà mis dix ans à publier le décret mettant en application une loi votée en 2004, l'expérimente avec les moyens du bord, en mode artisanal. Comme si elle n'y croyait pas.

Les quinze jours qui ont suivi ont été un calvaire. Les filles n'ont cessé de faire des cauchemars, de me presser de questions : « Alors, les messieurs, ils ont dit quoi, finalement ? Parce que nous, on aime bien notre école, on veut revoir Papi et Mamie, et puis Tatie… » Ma femme, elle, s'est remise à faire des malaises.

Moi, à les voir si mal, je me suis enfoncé un peu plus, de jour en jour, tenaillé d'angoisse et de culpabilité. Dans ce brouillard, j'ai même pensé pour la première fois au suicide. Si je ne suis plus là, au moins tous les problèmes de ma famille s'arrêteront. Je crois que je préférerais plutôt mourir, oui, et les laisser enfin vivre une vie tranquille, que de les voir intégrer ce programme. M'accrocher à une poutre et en finir.

Non, ma famille a besoin de moi, je ne peux pas l'abandonner. Je fais quoi, alors ? Je vais appeler la commission et je vais leur dire que je ne peux pas, que je ne suis plus candidat au programme.

Un vendredi soir, j'ai fini par prendre le téléphone pour appeler le policier du SIAT avec lequel j'étais en contact. Et j'ai parlé de mes soucis de santé et de mes opérations à venir pour dire que nous n'étions pas prêts à intégrer le programme. Là-dessus, le policier m'a répondu que la commission s'était justement réunie dans l'après-midi. « Normalement, l'examen de chaque dossier dure entre dix et quinze minutes. Pour vous, ça a duré quatre heures et votre dossier n'a finalement pas été retenu. » Il ne m'en a pas précisé la raison. Apparemment, cela s'est joué à une voix contre. Grand silence au bout du fil. Le policier m'a demandé si j'étais toujours là. Tout à coup, une immense vague de soulagement me submerge. Comme si cette décision à laquelle je ne m'attendais pas était brutalement venue me libérer…

La justice m'a refusé le statut de repenti après avoir exploité de fond en comble mes confessions sur la Brise de mer. Elle n'a voulu m'apporter aucune garantie minimale sur une protection minimale. Elle n'a pas respecté le deal tacite de départ. À ce moment précis, je ne sais même plus si je dois m'en plaindre, au fond.

Je sais juste que, aussi longtemps que je vivrai, je continuerai à mener ma vie d'homme traqué, mais à l'air libre.

Épilogue

Que reste-t-il aujourd'hui de tous ces tauliers du crime organisé que j'ai côtoyés ? Ils sont tous morts.

Richard Casanova, assassiné le 23 avril 2008, Daniel Vittini, assassiné en juillet 2008, Francis Mariani, assassiné le 12 janvier 2009, Pierre-Marie Santucci, assassiné le 10 février 2009, Francis Guazzelli, assassiné le 15 novembre 2009, Christian Leoni, assassiné le 28 octobre 2011, Maurice Costa, assassiné le 7 août 2012.

Aujourd'hui demeure encore en vie une petite poignée de miraculés dont je n'ai plus de nouvelles depuis longtemps. Depuis la descente des policiers au cercle Wagram, à Paris, en juin 2011, Angelo Guazzelli, l'ancien « cerveau » du cercle, a été condamné à trois ans de prison dont deux ferme. Je sais juste que, depuis sa sortie, il est toujours producteur de l'huile d'olive Terra Rossa et se terre quelque part. Dans une écoute, j'ai lu qu'il ne mettait plus les pieds chez lui : « Si je vais à Terra Rossa, je suis mort. [...] Terra Rossa, chez moi, à la maison, ça fait deux ans que j'y ai pas mis les pieds. » Il y a deux ans, j'ai appris qu'il avait acheté une maison dans un coin tranquille de la Corse. Par hasard, il y a croisé un policier et il a revendu la maison dans les trois mois qui ont suivi.

Jean-Luc Germani, condamné deux fois à six ans dans l'affaire du Wagram et la préparation de l'assassinat de Jean-Claude Colonna, est en prison, mais il en sortira, tout comme Jacques Mariani, le fils de Francis. Pour l'heure, d'autres, comme le Petit Bar mais pas seulement, ont pris la place, font fructifier le crime et les affaires et ont encore resserré l'étau sur la société insulaire. L'hécatombe de ces années 2008-2010 n'a pas sonné la fin du règne des parrains comme on pouvait l'espérer.

Toute cette folie s'arrêtera-t-elle un jour ? Je ne sais pas, tant elle est avant tout une guerre pour le pouvoir et l'argent. Une guerre à laquelle la justice a mis bien longtemps à s'intéresser... Durant des années, les magistrats n'ont rien vu. Quand, au départ, les petits jeunes de la Brise ont décimé leurs rivaux, ils n'ont pas compris d'où venait le coup. Quand Mariani et les autres ont ensuite fait dans les machines à sous, ils ne les connaissaient pas encore en tant que groupe organisé. Quand ils ont braqué tant et plus, ils ont commencé à réaliser. Quand ils ont recyclé l'argent volé et l'ont réinvesti dans l'économie de la région et ailleurs, il était trop tard.

Aujourd'hui, enfin, la justice enquête sur des pans d'un patrimoine aux contours encore méconnus. En 2015, le juge Guillaume Cotelle, à Marseille, a ouvert, sur la base de renseignements que je lui ai fournis, une enquête sur des comptes cachés de Francis Mariani et Richard Casanova, menant de la Suisse à Marseille, et essaimant dans plusieurs pays.

Après la mort de Richard, Francis et les autres se sont aperçus que Richard avait fait des placements à leur insu. Ils savaient que l'un de ses amis avait en sa possession des liasses de documents bancaires, ils les ont réclamés et ils ont trouvé, dedans, des numéros de comptes qui avaient été ouverts en Suisse par les contacts de Richard. Il y en avait pour environ 7 millions d'euros, que Mariani et ses amis ont donc voulu récupérer. Mais la difficulté, c'est que ces comptes étaient anonymes. Il a alors fallu trouver une personne en Suisse susceptible de remonter jusqu'à eux, puis s'assurer, ensuite, qu'un administrateur suisse et une personne en Corse se portent testamentaires de Richard de manière à pouvoir réclamer la succession… L'administrateur suisse qui s'est « dévoué », c'est l'homme que j'avais présenté à Francis. Depuis, l'enquête a progressé et débouché sur un important réseau international de blanchiment… Celle sur le cercle Wagram, quant à elle, avait permis de donner un coup d'arrêt à la machine à cash, ainsi que de lever le voile sur bien des compromissions dans les milieux policiers.

J'ai choisi d'aider encore la justice, qui ne m'a guère aidé. Je ne sais pas, en fin de compte, si je n'ai pas noué avec elle un autre pacte avec le diable. Les seuls qui ont tenu leurs engagements à mon égard sont le juge Guillaume Cotelle et certains enquêteurs avec qui je suis toujours en contact. Je suis, c'est vrai, le premier repenti corse et le premier repenti à se protéger tout seul.

La moralité de l'histoire, c'est que quand on parle et que l'on signe ses procès-verbaux, en Corse, on est condamné à mort, en vertu d'une loi non écrite. Et la justice, qui regarde déjà passer les balles dans la zone la plus criminogène d'Europe, n'y peut pas grand-chose.

Combien d'affaires résolues pour combien d'homicides ? Combien de morts pour combien d'acquittés ? Combien de règlements de comptes pour combien de procès ? Si l'on condamne 10 % des commanditaires, c'est bien le maximum.

Une situation inouïe qui susciterait l'indignation dans n'importe quelle autre partie du pays.

Je ne sais pas ce qui m'attend, désormais. Je sais bien que le passé ne s'arrête jamais de pleuvoir et que des familles en deuil réclament légitimement justice. Bientôt aura lieu le procès de l'assassinat de Richard Casanova. Peut-être sera-t-il l'occasion d'exhumer une part de cette vérité, une part de la vérité de la Brise, qui recèle encore bien des secrets. Peut-être pas.

Me concernant, en 2016, la cour d'appel d'Aix-en-Provence a ordonné sur ce dossier un supplément d'information. Un détenu, un ancien artisan qui a parlé en son nom à la PJ d'Ajaccio, a souhaité relater une confidence que lui a faite Pascale Mariani, la fille de Francis, selon laquelle c'est bien son père qui a tué Richard Casanova.

Des nuits d'insomnie et le reste de mon existence ne me suffiront de toute façon pas à expier les regrets que j'ai d'avoir fait ce que j'ai fait, et surtout d'avoir fait mener cette vie-là à ma femme, à mes filles, à ma famille.

Tout ce que j'ai écrit ici, je l'ai écrit en conscience, sans fausse pudeur ni mensonges, puisque je n'ai déjà plus rien à perdre, et parce que je voudrais avant tout que ce témoignage serve pour que tout cela s'arrête, que cesse cette culture de mort et de vengeance où l'on règle tout et n'importe quoi à coups de fusil, où l'on voit des innocents se faire assassiner, des gens mourir parce qu'ils ont rendu un service ou bien même pour rien.

Qu'un voyou finisse mal, on peut encore le comprendre, il choisit toujours plus ou moins sa vie. Mais la seule pensée de mon avocat, Jean-Michel Mariaggi, qui a failli perdre la sienne dans un vulgaire guet-apens, la nuit, après tant d'autres, me fait devenir fou.

On tue pour n'importe quoi, un bout de territoire, un regard de travers.

Combien de morts faudra-t-il encore pour secouer les consciences ?

Table des matières

Composition et mise en pages
Nord Compo à Villeneuve-d'Ascq

Pour l'éditeur, le principe est d'utiliser des papiers composés de fibres naturelles, renouvelables, recyclables et fabriquées à partir de bois issu de forêts qui adoptent un système d'aménagement durable.

En outre, l'éditeur attend de ses fournisseurs de papier qu'ils s'inscrivent dans une démarche de certification environnementale reconnue.

Achevé d'imprimer en septembre 2017
sur les presses de Normandie Roto Impression s.a.s.
61250 Lonrai (Orne)

PAPIER À BASE DE FIBRES CERTIFIÉES

Fayard s'engage pour l'environnement en réduisant l'empreinte carbone de ses livres. Celle de cet exemplaire est de :
0,650 kg éq. CO_2
Rendez-vous sur www.fayard-durable.fr

34-9169-6/01
Dépôt légal : septembre 2017
N° d'impression : 1703121

Imprimé en France